Doris Bewernitz · Julia Christ · Annett Heibel

Rattenlinie Bariloche

Dieser Roman ist Christof Zirkel
in Dankbarkeit gewidmet.

Christof war Dozent im Studiengang
„Biografisches und Kreatives Schreiben“
an der Alice Salomon Hochschule Berlin.

Er starb am 11. September 2012.

Ohne ihn wäre dieses Buch nicht
zustande gekommen.

1 Sturz vom Balkon

Oh, nein, nicht schon wieder! Giovanni hatte erneut die Weingläser umgeschmissen, und ein weiteres Mal hörte Verena Mayer-Galotti das nervtötende Geräusch zerbrechenden Glases.

„Gianni, hör endlich auf!“, rief sie.

„Ja, ja, schon gut“, sagte er, kam näher und begann an ihrem Ohrläppchen zu knabbern.

Normalerweise hätte sie ihn schroff von sich gewiesen, aber zu ihrem eigenen Erstaunen ließ sie Giovanni gewähren und genoss die unerwartete Zärtlichkeit. Die Wärme seines Körpers umhüllte sie. Sie schmiegte sich an ihn.

Doch da passierte es schon wieder. Glas klirrte. Und irgendetwas an diesem Geräusch irritierte sie zusätzlich. Das Klirren klang merkwürdig schrill.

„Meine Güte, jetzt reicht es!“ Verena schlug genervt auf den Tisch.

Da erwachte sie. Das Klirren war kein Rotweinglas gewesen, und auch ihr Ex-Mann war nicht in ihrer Nähe. Es war das Telefon, das sie so unbarmherzig aus ihren Träumen gerissen hatte.

„Ja, bitte?!“, murmelte sie in den Hörer.

„Frau Mayer-Galotti, Sie müssen sofort kommen. Es hat einen Vorfall in Mitte gegeben, Nähe Hackescher Markt.“

Plötzlich war sie hellwach.

„Wo genau?“

„An der Spandauer Brücke 11, Hotel Adina, ein Mann ist aus dem fünften Stock des Hotels gestürzt, tot. Ob Mord, Unfall oder Suizid, das ist noch offen."

„Alles klar, ich bin sofort da."

Sie streckte sich und stand auf. „Mist", fluchte sie, als sie auf die Uhr sah. Es war Sonntag, der fünfte Juni 2011, kurz nach zwölf Uhr mittags, doch die Kommissarin fühlte sich wie gerädert. Erst um sieben in der Früh war sie ins Bett gekommen, nachdem sie mit einer vierzigjährigen Freundin deren Junggesellinnen-Abschied gefeiert hatte. Was musste Sybille auch zum dritten Mal heiraten? Einmal heiraten und sich scheiden lassen müsste doch als Lebenserfahrung reichen, dachte sie und wurde sofort wieder an Gianni erinnert, mit dem die letzten Ehejahre ein einziger Kampf gewesen waren. Und jetzt träumte sie auch noch solch hausgemachten Blödsinn von ihm.

Verena seufzte, zog automatisch Jeans, Bluse und Blazer über und steckte Zigarettenschachtel und Feuerzeug ein. Dann fuhr sie sich noch einmal kurz durch die dunklen, langen Locken und ließ die Wohnungstür hinter sich ins Schloss fallen.

Am Tatort angekommen, bemerkte sie erleichtert, dass die Spurensicherung bereits da war. Ein weißes Tuch lag über der Leiche und die Kollegen hatten einen Sichtschutz aufgestellt.

„Weiß man schon, wer der Tote ist?", fragte sie den Kollegen Ralf Michels von der Spurensicherung.

Ralf freute sich sichtlich, sie zu sehen.

„Hier, für meine Lieblingskollegin", grinste er und hielt ihr einen Personalausweis vor das Gesicht.

„Randolf Bock", las sie, „geboren in Berlin am 1. August 1979." Das Passfoto zeigte einen unscheinbaren Mann, mit fettigem Haar und teigigem Teint. Ralf Michels zog kurz das Leichentuch weg und sah sie dabei aufdringlich an. Vor langer Zeit hatte sie ihm mal das Du angeboten und es seither jeden Tag bereut. Sie verdrehte die Augen ob seines Blickes und versuchte sich auf das Opfer zu konzentrieren.

Randolf Bock lag mit aufgerissenen, starren Augen auf der Seite, Blut war ihm aus dem Mund gesickert. Verena stellte fest, dass das Foto ihn sehr zu seinem Vorteil abgebildet hatte. Er war ihr ausgesprochen unsympathisch.

„War der Arzt schon da?", fragte sie Ralf.

„Ja, ist schon wieder abgedüst. Das Übliche: Alles Weitere nach der Obduktion."

„Und wer hat die Polizei gerufen?"

„Die ältere Dame dort", sagte Ralf und wies auf eine kleine, hagere Frau von etwa siebzig Jahren, die gerade aufgeregt auf ein paar Passanten einredete.

„Na, das kann ja heiter werden", murmelte Verena. Doch noch bevor sie sich entscheiden konnte, wen sie zuerst befragen sollte, kam die Alte schon auf sie zu.

„Sind Sie von der Kripo? Na endlich, das wurde aber auch Zeit. Wissen Sie, ich hatte schon gleich so etwas im Gefühl, als ich die beiden Männer ..."

„Guten Tag", schnitt Verena ihr das Wort ab. „Mein Name ist Mayer-Galotti. Und wie heißen Sie?"

Die Siebzigjährige sah sie verwundert an: „Also, ich hab ihn mit eigenen Augen gesehen ... den, der ihn über den Balkon geschubst hat. Und ich hab noch gute Augen, richtig gute Augen, verstehen Sie, junge Frau?“

„Ja, ja, das glaube ich Ihnen, trotzdem würde ich gern erst einmal Ihre Personalien aufnehmen. Ihren Ausweis bitte.“

Die Frau guckte etwas beleidigt, holte dann aber ihren Personalausweis hervor. „Magdalena Zöllner, ich wohne seit fünfzig Jahren in dieser Straße.“

„Rochstraße 9“, las Verena und blickte sich um. „Wo genau ist denn die Nummer 9?“

„Na, dort“, sagte Frau Zöllner und wies auf einen Plattenbau, der dem Hotel direkt gegenüberlag.

„Ich wohne schon seit Ostzeiten dort, im fünften Stock, da bin ich direkt in Augenhöhe mit dem obersten Stock des Adinas. Aber wissen Sie, damals, da sah das noch ganz anders aus, und jetzt wird alles neu gebaut, wie das Hotel hier. Und überall die Touristen, ich muss Ihnen sagen, furchtbar. Letztens hat man mich in der Bäckerei sogar auf Englisch angesprochen, ist das noch zu fassen? Können Sie sich das vorstellen? Von den Schrippen, die man dort verkauft, will ich gar nicht sprechen! Ich weiß ja nicht, ob Sie auch aus dem Osten ...“

„Frau Zöllner“, unterbrach Verena sie scharf, „was genau haben Sie denn nun gesehen?“

„Also Frau Mayer, das war so ...“

„Mayer-Galotti.“

„Wie?“

Verenas Schicksal hatte es vorgesehen, dass so gut wie niemand in der Lage war, sich ihren Nachnamen zu merken, geschweige denn richtig zu buchstabieren. Es hing vom jeweiligen Gegenüber ab, wie viel Mühe sie darauf verwandte, achtbar angesprochen zu werden.

In diesem Fall winkte sie ab. „Ach, nichts. Erzählen Sie bitte weiter."

„Also das war so: Ich sah einen Mann in dunklem Mantel und mit Aktenkoffer in das Hotel gehen, der mir schon mal verdächtig vorkam."

„Inwiefern verdächtig?"

„Also wissen Sie, das hat man doch im Gefühl. Ich jedenfalls. Der sah so aus, als würde er dem Hartz IV-ler da folgen. Das kam mir ja schon spanisch vor."

„Ein Arbeitsloser? Wie kommen Sie denn darauf?"

„Na, der Ermordete. Gucken Sie sich den doch mal an, das ist doch kein Gast vom Adina. Die Gäste dort sind Geschäftsleute oder wohlhabendere Touristen. Die laufen nicht so herum wie der." Frau Zöllner, die eine weiße, gebügelte Bluse trug, verzog leicht das Gesicht.

Ja, dachte Verena, die Zeugin hatte insofern recht, als dass der Ermordete mit seiner ausgebeulten Cordhose und dem ausgefransten Pulli nicht gerade wie der typische Gast eines so schmucken Designerhotels aussah.

„Was geschah weiter?"

„Na, drei Minuten später sah ich die beiden auf dem Balkon miteinander rangeln, und dann fiel der Ganove herunter und der Andere war plötzlich verschwunden."

„Und den Anderen haben Sie nicht wieder gesehen?"

„Nein. Ich war allerdings auch etwas aufgeregt ... habe meinen Fernseher ausgestellt und die Polizei angerufen. Dann bin ich gleich hinunter. Ich wusste ja nicht, ob der Arbeitslose schon tot war."

„Ob der Tote tatsächlich ein Arbeitsloser war, wissen wir noch gar nicht, Frau Zöllner. Aber erzählen Sie bitte zu Ende."

„Als ich unten ankam, waren schon ein paar Angestellte aus dem Hotel da. Einer versuchte noch kurz, den Toten wiederzubeleben. So ein Blödsinn. Das hat doch ein Blinder mit Krückstock gesehen, dass der mausetot war. Dann kam die Polizei, dann der Arzt und jetzt Sie."

„Gut, Frau Zöllner, was können Sie mir denn noch über den Mann sagen, der Ihnen so verdächtig vorkam? Sie meinten, er trug einen Aktenkoffer ...?"

„Ja, ja einen Aktenkoffer und einen dunklen Mantel, der meines Erachtens viel zu warm für die Jahreszeit war. Und groß war er, zumindest größer als der Ermordete."

„Das ist ja auch keine große Kunst, wenn der Ermordete gerade einmal einen Meter achtundsechzig groß war", murmelte Verena vor sich hin, während sie sich Notizen machte.

„Bitte?"

„Nichts, ich habe nur laut nachgedacht."

„Wenn Sie möchten, kann ich gleich mit Ihnen aufs Revier kommen und Ihren Zeichnern ganz genau beschreiben, wie der Kerl mit dem Mantel aussah. Dann können Sie so ein Bild in die Zeitung setzen ... so ein Porträt von ihm. Wie heißt das denn noch gleich?"

„Meinen Sie ein Phantombild oder Fahndungsbild?“

„Ja, genau.“

Verena rollte innerlich mit den Augen. „Ich denke, das hat noch etwas Zeit.“

Und als sie Magdalena Zöllners enttäuschten Blick bemerkte, fügte sie noch schnell hinzu: „Aber falls wir es benötigen, werden wir natürlich gerne auf Ihr Angebot zurückkommen, Frau Zöllner. Und falls Ihnen noch etwas Wichtiges einfällt, rufen Sie uns bitte an. Hier ist meine Karte. Und vielen Dank für Ihre Mithilfe.“

Verena reichte ihr notgedrungen ihre Visitenkarte – zu genervt war sie von angeblichen Zeugen, die offensichtlich nur plaudern wollten – und wandte sich ab. Dann schritt sie zügig auf ihren Kollegen André Haase zu, der gerade aus dem Haupteingang des Hotels kam.

„Und?“, fragte sie, während sie sich eine Zigarette anzündete.

„Ich denke, wir können von Mord ausgehen“, entgegnete dieser siegessicher. „Die SpuSi ist zwar noch dran. Aber es gibt zerbrochene Gegenstände im Zimmer und erste Hinweise auf eine körperliche Auseinandersetzung.“

„Und die Mitarbeiter der Rezeption? Haben die eine zweite Person gesehen, die mit dem Opfer aufs Zimmer ging?“

Haase schüttelte den Kopf. „Gesehen haben sie wahrscheinlich jemanden, aber niemand kann sich erinnern. Auf der Gästeliste steht ein Peter Pan, der die Zimmerrechnung bei Schlüsselaushändigung in bar bezahlte. Doch weder der diensthabende Rezeptionist noch die anderen Hotelangestellten können sich an den Mann erinnern. Sie sagen aber, es sei nicht das Opfer gewesen. Offenbar kamen heute auch zwei Reisegruppen an und niemand hatte Zeit, sich die Gäste allzu genau anzugucken."

„Das ist ja absurd", sagte Verena und zog nachdenklich an ihrer Zigarette. Sollte Frau Zöllner tatsächlich die einzige Zeugin sein, die den Verdächtigen gesehen hatte?

2 Der fatale Irrtum

Konrad Bessi stand vor seinem Badezimmerspiegel und gab seinem Äußeren den letzten Feinschliff. Etwas Gel in die kurzen, hellbraunen Haare, etwas Puder auf die schmale Nase, etwas Kajalstift unter die blauen Augen.

Während er seine schmalen Lippen nervös mit Vanillebalsam betupfte, dachte er darüber nach, wie er nach dem Berliner Zwischenfall weiter vorgehen sollte. Die Sache passte überhaupt nicht in Konrads Pläne. Seine Geldsorgen waren nun noch größer, da er Hans Müller bezahlen musste, und das Bild war immer noch nicht verkauft.

Er rückte seine Fliege zurecht und ging ins Schlafzimmer, um sein Jackett zu holen. Dort hielt er inne und warf einen verärgerten Blick auf das Gemälde über seinem Bett. Es zeigte einen Wanderer mit Strohhut und blauem Arbeitsanzug, der in gleißender Sonne über einen Feldweg spazierte, begleitet nur von seinem eigenen Schatten.

In der Schlichtheit der japanischen Zimmereinrichtung und des matten Lichtes sah das Bild gar nicht so besonders aus, aber sein Schöpfer und seine Geschichte machten es mindestens acht Millionen Dollar wert. Handelte es sich doch um einen echten Vincent Van Gogh. Das Bild trug den Titel *Maler auf dem Weg nach Tarascon* und war ein Erbstück seines Großvaters. Dieser hatte es, dies war Konrad bewusst, im Krieg aus dem Magdeburger Schloss gestohlen und illegal nach Argentinien gebracht.

Konrad liebte und hasste das Bild. Er liebte es, weil er sich mit dem einsamen Wanderer auf der Suche nach einer Heimat und nach künstlerischem Erfolg verbunden fühlte. Er liebte es auch, weil es unschätzbaren Wert hatte und ihm bei erfolgreichem Verkauf die Lösung seiner finanziellen Probleme versprach. Aber er hasste es, weil er mehr als ein Mal das Gefühl gehabt hatte, deswegen beobachtet zu werden. Irgendjemand war ihm seit Monaten auf den Fersen. Wer konnte das sein? War es möglich, dass der rechtmäßige Eigentümer des Bildes noch lebte und ihn im Visier hatte? Ein Privatdetektiv? Jemand aus der Kunstszene? Oder ein Geheimdienst? Konrad war sich sicher, dass er zumindest einmal eine junge Frau erspäht hatte, die mehrere Stunden lang vor seinem Haus in einem Auto gesessen und ihn beschattet hatte. Sie hatte blonde, hochgesteckte Haare gehabt, eine Sonnenbrille getragen und hatte extrem durchtrainiert ausgesehen. Als er die Fenstervorhänge beiseite gezogen und sich ihrem Blick offen gestellt hatte, hatte sie das Auto gestartet und war weggefahren. Er hatte sie nicht wieder gesehen. Das war nun schon einige Zeit her, aber seitdem fühlte er sich unbehaglich. Er wusste, dass es mehr als riskant war, das Bild in dieser Situation verkaufen zu wollen.

Doch er brauchte das Geld. Unbedingt. Seine Erbschaft neigte sich dem Ende zu, und er lebte auf großem Fuß. Erste Spielschulden hatten sich bereits angehäuft, einige Gläubiger saßen ihm im Nacken und begannen ungemütlich zu werden. Das Haus, die Partys, seine Liebhaber – das alles musste und wollte finanziert werden.

Konrad strich sich besorgt über die Stirn. Allmählich wuchs ihm das alles über den Kopf. Trotzig schaute er in den Spiegel und stellte wieder einmal befriedigt fest, dass er nicht die geringste Ähnlichkeit mit seinem Vater hatte. Eine nette Geste des Schicksals, fand er. Sein Vater hatte ihn Zeit seines Lebens zu Dingen gezwungen, die er nicht tun wollte: Ein Wirtschaftsstudium. Langweilige Empfänge und das Pflegen von Kontakten, die ihm zuwider waren. Und das Erwecken des Anscheins von heterosexuellen Beziehungen. Konrad schüttelte sich. Am Tag als sein Vater starb, vor vier Jahren, hatte er sich geschworen, dass er in Zukunft nur noch Dinge tun wollte, die ihm Spaß machten: Theater und Truco spielen, Partys feiern und Partner wechseln. Und genau das hatte er auch getan.

Doch nun stand er kurz vor der Pleite. Noch hatte niemand Verdacht geschöpft, aber es war nur noch eine Frage der Zeit. Wenn er das Bild wenigstens für drei Millionen Dollar auf dem Schwarzmarkt verkaufen könnte, wären all seine Geldprobleme mit einem Schlag gelöst. Leider war die Sache nicht so einfach. Der erste Versuch war bereits fehlgeschlagen, aber vielleicht tat sich bald eine zweite Chance auf.

Konrad zog sein Jackett an und griff nach den Autoschlüsseln. Er schaltete die Alarmanlage des Hauses an und schritt zügig zur Garage, die er kurz darauf in einem weinroten Jaguar verließ.

Seitdem er auf Wunsch seines Vaters, kurz vor dessen Tod, mit diesem zum ersten Mal Deutschland besucht hatte, war er immer noch überrascht, wie sehr seine Straße den Straßen einer bayrischen Kleinstadt ähnelte. Er war hier in Argentinien, in San Carlos de Bariloche, aufgewachsen. Sein Haus am Fuße der Anden sah aus wie ein Traditionshaus in den bayerischen Alpen. Mit seinem Vater hatte er immer nur Deutsch gesprochen. Aber Besuche in Deutschland hatte es nur diesen einen gegeben. Trotz seiner geringen Verbundenheit zu Deutschland fühlte er sich zu deutsch, um argentinisch zu sein und zu argentinisch, um deutsch zu sein. Dies ließ ihn vorwiegend in der Gegenwart leben. Er konnte sich weder mit argentinischer noch mit deutscher Geschichte identifizieren. Ja, es musste einen Grund gegeben haben, warum sein Großvater und dessen benachbarte Freunde nach dem Krieg nicht in Deutschland hatten bleiben können, und warum viele von ihnen ziemlich wohlhabend gewesen waren. Aber darüber hatte niemand von ihnen jemals ein Wort verloren. Auch Konrads Vater hatte nie darüber gesprochen. Nachfragen seines Sohnes war er immer gereizt ausgewichen. Irgendwann hatte Konrad es schließlich aufgegeben, weiter nachzuhaken. Was sollte er in alten Dingen wühlen, die lange vor seiner Geburt passiert waren? Letztendlich war es ihm egal. Genau wie das Leiden anderer Menschen. Er fand, dass er selbst genug gelitten hatte. In der Schule war er wegen seines mädchenhaften Aussehens gehänselt und ausgestoßen worden. Mit vierzehn hatte er seine Mutter bei einem Reitunfall verloren und war seitdem seinem strengen Vater ausgesetzt gewesen. Die Welt stand in seiner Schuld, fand er, nicht umgekehrt.

Sein Freund Martin, der ihm in Jeans und mit nassen Haaren die Tür öffnete, begrüßte ihn mit einem Kuss auf die Wange.

„Ich habe eine Überraschung für dich, mein Guter. Du erhältst ein Vorsprechen für die Rolle des Revisors von Gogol. Das ist deine Chance auf eine Hauptrolle! Am achtzehnten Juni! Und heute ist erst der siebte. Also genug Zeit, um den Text zu lernen. Na, was sagst du? Freust du dich?"

Konrad war verblüfft. „Was? Heiliger Schwan. Wie hast du das gemacht? Großartig!" Ihm stand vor Freude der Mund offen. Zwar nahm Konrad an, dass Martin ihm nur seines Geldes wegen diesen Gefallen tat – so wie er es von allen Mitmenschen annahm – aber er freute sich trotzdem.

„Für dich tue ich doch alles, Querido!", antwortete Martin schelmisch und zupfte Konrad an der Fliege. „Ich habe meine Beziehungen spielen lassen." Er lächelte. „Komm mit ins Bad. Ich muss mich noch fertig machen."

Konrad folgte Martin und sah zu, wie dieser sich frisierte. Einen Moment zögerte er noch, dann sprach er aus, was ihm auf der Seele lag.

„Du Martin, sag mal, der Kaufinteressent, den du mir letztens vermittelt hast ... Wie viel wusstest du von dem? Kanntest du ihn genauer?"

Martin strich sich mit den Fingerspitzen über die Augenbrauen. „Nein, persönlich nicht. Ich weiß nur, dass er an solchen Sachen interessiert ist. Wieso?"

„Nun ja ... Ich habe ihn kontaktiert. Aber dann stellte sich heraus, dass er nicht am Kauf interessiert war." Konrad wählte seine Worte mit Bedacht.

„Was?“ Martin wandte sich um und sah seinen Freund erstaunt an. „Das kann nicht sein. Den Namen hatte ich von einem Freund, der Kunst-Auktionen veranstaltet. Der ist auf jeden Fall in Ordnung, ich kenne ihn schon lange. Der würde mir keine windigen Sachen vermitteln. Er hat mir den Namen diskret zugesteckt und gesagt, das sei ein deutschsprachiger Kunstsammler aus Südfrankreich. In Tarascon lebe er wohl. Daher auch die komische E-Mail-Adresse: drache-von-tarascon@mail.com. Was manche Leute sich ausdenken! Hm. Merkwürdig. Was ist denn passiert? Hast du mit ihm gesprochen?“

„Also ...“, erwiderte Konrad vorsichtig, „gesprochen nicht direkt. Kontaktiert habe ich ihn. Aber er wollte den Kauf nicht. Und dummerweise hatte ich ihm in meiner Mail sensible Daten mitgeliefert, weil ich annahm, er käme aus vertrauenswürdiger Quelle.“

„Kommt er auch! Mist, oh, das tut mir leid, Konrad. Ich frage meinen Freund noch mal, was er sich dabei gedacht hat, mir diesen Namen zu geben. Das ist ja furchtbar! Hat das irgendwelche dummen Konsequenzen für dich?“

„Nein, frag' lieber nicht! Ich möchte nicht, dass die Sache große Wellen schlägt.“ Konrad winkte ab. „Ach, lass uns das unter den Teppich kehren. Es ist ja nichts weiter passiert.“

Martin sah ihn irritiert an.

Konrad versuchte beim Besuch des wohl besten Asadors von Bariloche, zu dem er Martin eingeladen hatte, lebendig und fröhlich zu wirken. Nur leider war ihm nicht so zumute. Das Steak schmeckte trocken, der sonst so fruchtig-würzige Malbec fade. Zwar ging er nach dem Asadao noch für eine Stunde mit zu Martin, aber selbst dieser schmeckte an diesem Abend nicht so gut wie sonst.

Wieder zu Hause, schlug Konrad seinen Laptop auf und guckte kurz in seine Mails.

Er hielt einen Moment den Atem an, als er eine Mail mit dem Absender drache_von_tarascon@mail.com entdeckte. Als er sie öffnete, las er: *Warum melden Sie sich nicht bei mir? Ich bin immer noch an dem Bild interessiert.*

Was sollte das? Wie hypnotisiert schaute Konrad auf die E-Mail-Adresse. Sie hatte Unterstriche! Und in der Adresse, die er von Martin erhalten hatte, waren es definitiv Bindestriche gewesen.

Hatte er einen Fehler gemacht? Das würde natürlich alles erklären! Was für ein fataler Irrtum!

3 Das unbeliebte Opfer

Verena saß abends noch an ihrem Schreibtisch im Dezernat, um zwei Abschlussberichte anderer Fälle zu schreiben. Es war längst nach Feierabend.

Konzentriert wie sie war, zuckte sie erschrocken zusammen, als das Telefon klingelte. Es war Sven Schwenker von der Gerichtsmedizin.

Sven war mit ihr und Giovanni befreundet gewesen, als sie noch ein Paar gewesen waren. Was den Vorteil hatte, dass sie immer vorab schon einen mündlichen Bericht bekam. Was sie allerdings eindeutig nervte war, dass Sven sie seit der Trennung – vermutlich aus Loyalität Giovanni gegenüber – wie eine Fremde behandelte.

Sven teilte ihr mit, dass die Untersuchung der Leiche zwar noch nicht abgeschlossen sei, sich aber erste Schlussfolgerungen ziehen ließen.

„Also Folgendes, Verena: Es handelt sich definitiv um keine natürliche Todesursache. Die Leiche weist Anzeichen körperlicher Gewalt auf, besonders an Hals, Armen und Rippen haben wir Hämatome festgestellt."

„Es gab also einen Kampf?", fragte Verena.

„Positiv."

„Und lebte das Opfer noch, als es vom Balkon fiel, Sven?"

„Davon gehe ich aus", erwiderte dieser. „Die Todesursache ist ein Schädelbasisbruch."

„Was ist mit Fremd-DNA?"

„Diesbezüglich sind die Untersuchungen noch nicht so weit. Da musst du dich noch etwas gedulden."

„Okay. Bitte melde dich, sobald du etwas weißt!"

„Natürlich."

„Sven?"

„Verena?"

„Ach nichts, eigentlich wollte ich nur mal fragen, wie es dir geht."

„Gut, und dir?"

„Auch gut."

„Dann bis später." Sven legte abrupt auf.

Nachdenklich starrte Verena aufs Telefon. Erst jetzt wurde ihr richtig klar, dass sie Sven nach der Scheidung als Freund verloren hatte. Schade, dachte sie. Und umso bedauerlicher, als ihr Freundeskreis ohnehin nicht durch Unübersichtlichkeit glänzte. Wie auch, bei solch einem Beruf. Kein Mensch mochte es, wenn ständig Verabredungen platzten. Was Sven betraf, da war wohl nichts mehr zu kitten.

Sie seufzte. Immerhin konnte sie jetzt von Mord als Todesursache ausgehen.

Die Wohnungsdurchsuchung des verunglückten Randolf Bock erstreckte sich über eine ganze Woche. Nachdem seine Parterrewohnung an der Nelly-Sachs-Straße in Hellersdorf sorgfältig durch die Spurensicherung abgesperrt worden war, wurde sie nun akribisch nach jedem noch so kleinen Detail abgesucht, das einen Hinweis auf seinen Tod geben konnte.

Auch Verena war mehrmals in dieser Wohnung. Viel Brauchbares fand sie nicht, doch zeichneten sich für sie erste Umrisse der Persönlichkeit des Ermordeten ab: Der Mittdreißiger war Maurer gewesen und hatte sich meistens als Saisonarbeiter verdingt. Er schien teuren Whiskey, Kung-Fu- und Actionfilme gemocht zu haben. Seine Schrankwand im Wohnzimmer entpuppte sich als eine beachtliche Filmothek von zahlreichen DVDs, vorzugsweise mit Jackie Chan, Sylvester Stallone, Arnold Schwarzenegger und anderen Kämpfernaturen Hollywoods. Das einzige Buch, welches sich im Regal fand, war eines mit Tätowierungsmotiven. Verena blätterte es durch und sah hauptsächlich Drachen.

Den Indizien zufolge musste er viel Geld für Lottoscheine, Cannabis, Whiskey und Bier verbraten und etliche Schulden angehäuft haben. Zumindest ließen diverse Mahnbriefe von Inkasso-Firmen, Online-Versand-Firmen und vom Amtsgericht darauf schließen, die Verena und ihr Kollege André Haase in Bocks Wohnung gefunden hatten. Laut seinen Kontoauszügen hatte er sich im vergangenen Jahr immer wieder mit Gelegenheitsjobs durchgeschlagen. Von staatlichen Transferleistungen oder „Hartz IV“, wie Frau Zöllner behauptet hatte, hatte er allerdings nicht gelebt.

Bei der Befragung der Nachbarn, die sich Verena am achten und neunten Juni wieder einmal allein vornehmen musste, da ihr Partner Dennis im Urlaub war, verhehlten viele ihre Erleichterung über Randolf Bocks Tod nicht. Offenbar hatte er sich jede Menge Feinde gemacht. Zum Beispiel hatte er es geliebt, mit seinem Motorrad auf den Bürgersteig auszuscheren und Passanten zu Tode zu erschrecken. Es hatte zwei tote Hunde und einige verletzte Kinder gegeben.

Und dann war da diese junge Frau, drei Häuser weiter, die unglaublich hasserfüllt über Bock redete. Sie hatte zwei kleine Kinder, vier und sechs Jahre alt. Der Sechsjährige war gerade kürzlich bei einer von Bocks Motorradattacken gestürzt. Er war schreiend und blutend nach Hause gelaufen, doch die Verletzung hatte sich lediglich als aufgeschürftes Knie herausgestellt. Diese Frau machte deutlich, dass sie dem Verstorbenen ein anständiges Höllenfeuer wünsche. Und dass sie sich freue, ihre Kinder nun endlich wieder ohne Angst nach draußen zum Spielen schicken zu können. Aber das war alles kein Grund … Ein direktes Mordmotiv konnte Verena bei keinem der Befragten entdecken. Klar war nur, dass es sich bei dem Opfer um einen eher unangenehmen Zeitgenossen gehandelt hatte. Dennoch wusste sie zu wenig, um auch nur die geringste Idee zu haben, in welche Richtung sie sich nach seinem möglichen Mörder umsehen sollte.

Am Nachmittag des elften Juni machte sich Verena daran, Randolf Bocks letzten Chef zu befragen. Es bedurfte einiger Telefonate, bis sie wusste, wo sie hinfahren musste: zu einer Baustelle im zukünftigen Park am Gleisdreieck.

In einem Containerbüro traf sie einen Bauleiter um die Fünfzig, der gerade dabei war, sich auf sein Wochenende vorzubereiten.

„Okay, dann schießen Sie mal los", murrte er, als Verena sich ausgewiesen hatte. „Aber machen Sie es kurz, junge Frau. Ich will heute noch nach Hause." Er grinste.

Der Mann wirkte unter seiner motzigen Fassade sympathisch.

„Bei Ihnen hat bis vor einem Monat ein Randolf Bock gearbeitet. Können Sie mir etwas über ihn erzählen?"

Er nickte. „Klar. Was wollen Sie denn wissen?"

„Was er für ein Typ war."

„Warum denn das? Hat er was ausgefressen?"

„Laufende Ermittlungen, Sie verstehen. Erzählen Sie mir einfach ein wenig von ihm. Bitte."

Der Bauleiter musste nicht lange nachdenken. „Bock, also – der kann gut anpacken. Ein Kraftpaket. Menschlich gesehen allerdings noch ziemlich grün hinter den Ohren. Musste immer bisschen den Macker raushängen lassen. Aber mit solchen komm ich schon klar. Also, kurz gesagt, nicht weiter auffällig. Außer, dass er uns manchmal mit seinen irrwitzigen Gehaltsforderungen auf den Geist ging. Aber das geht in der Branche nun mal nicht, da geht's schließlich ums nackte Überleben. Man muss sich entscheiden: fressen oder gefressen werden. Wer überleben will, muss nun mal die Preise unterbieten. Da kann man keine Rücksicht nehmen, ob jemand 'ne Familie oder 'ne verwöhnte Lady zur Freundin hat. Verstehn Se? – Zigarette?"

„Gern." Erleichtert langte Verena zu und ließ sich Feuer geben. „Ach, wollen Sie auch 'ne Tasse Kaffee, junge Frau?"

Er goss sich selbst schon mal eine Tasse ein und Verena fand, dass er dafür, dass sie ihn vom Feierabend abhielt, immer netter wurde. Auch schien er es plötzlich gar nicht mehr eilig zu haben.

„Danke, nein. Ich verstehe. Und was war es bei Herrn Bock? Familie oder Freundin?"

„Familie glaub ich nicht. Kann ich mir ehrlich gesagt bei dem auch nicht vorstellen. Das war kein Familienmensch. Aber eine Braut war da zuletzt schon im Spiel. Ne ziemlich abgefahrene Lady soll das gewesen sein, was ich so gehört habe. Deswegen hatte er sich ja dann auch mit dem Kamm in den Haaren gehabt."

„Mit dem Kamm in den Haaren?" Verena sah den Bauleiter irritiert an.

„Na, in die Wolle haben sie sich gekriegt, der Kamm und der Bock! Das meine ich."

„Ach, ein Herr Kamm also", sagte Verena. „Ein Kollege von Herrn Bock?"

„Genau. Bis kurz vor seinem Weggang waren die wohl mal richtig gute Kumpels, aber dann ... Ich weiß nicht, ob Bock sie ihm ausgespannt hat, oder ob sie sich von selbst in Bock verguckt hat. Was mich ehrlich gesagt wundert. Den Gerüchten nach soll sie ausgesehen haben, als könnte sie in besseren Gefilden jagen, wenn Sie verstehen, was ich meine. Egal. Jedenfalls, hier war teilweise die Hölle los zwischen den beiden."

„Verstehe. Arbeitet Herr Kamm denn noch bei Ihnen?"

Der Bauleiter sah zur Uhr. „Ja. Warten Sie, der müsste sogar noch da sein. Ach sehn Sie, da kommt er gerade."

Der Bauleiter winkte einen Mann im Blaumann herbei, der mit hängenden Schultern und düsterem Blick auf sie zu schlurfte.

„Wat jibt's, Chef?", fragte der Mann missmutig.

„Paul, das hier ist Frau Mayer ... äh ... Mayer-Salotti von der Kripo!"

Verena räusperte sich. „Hauptkommissarin Mayer-Galotti, guten Tag. Sie sind Herr Kamm? Ich müsste Ihnen dringend ein paar Fragen stellen."

Paul Kamm sah Verena misstrauisch an.

„Und? Worum jeht's?"

„Um Randolf Bock. Wie ich höre, waren Sie beide enge Kollegen gewesen. Sogar Freunde?"

Kamms Blick wurde noch düsterer.

„Jewesen. Janz richtig, enge Kollegen – jewesen. Det war eenmal."

„Das mit der Vergangenheit haben Sie ganz treffend erfasst. Ihr ehemaliger Kollege ist nämlich tot."

„Tot!?", rief der Bauleiter entsetzt. „Aber warum haben Sie das denn nicht ..."

„Tot. Wie tot?" Kamm sah Verena erst irritiert an, dann brach er plötzlich in heiseres Lachen aus. „Ach, schon klar! Hat er sich endlich zu Tode jesoffen, ja? Keen Wunder. Oder hat ihn diese Tusse zu Tode je...?" Er brach ab, um nun noch lauter und dreckiger zu lachen. „Ick fass et nicht. Ick fass et nicht! Dit muss ick ..."

„Herr Kamm", mit scharfer Stimme unterbrach Verena die unerwartete Heiterkeit, „Ihr früherer Kollege wurde ermordet."

„Wie jetzt? Ermordet? Echt? Und wat hab ick damit ..."

Er sah die Hauptkommissarin abwehrend an. „Ach, woll'n Se mich jetzt dafür beschuldijen oder wie? Nur weil ick ihm eenmal eins in die Fresse ... Sie, det könn Se mir glooben, dass der det verdient hatte!"

„Noch beschuldigt Sie niemand, Herr Kamm. Ihre Freude macht mich allerdings etwas stutzig, das muss ich zugeben. Sagen Sie, da war doch mal eine Frau zwischen Ihnen beiden, nicht wahr?!"

Paul Kamms Gesicht verfärbte sich dunkelrot.

„Woher wissen Se denn dit nu schon wieder? Lassen Se mich bloß in Ruhe mit der Ollen", knurrte er wutschnaubend. „Ick will mit der nischt mehr zu tun haben. Mit der nich und nich mit dem Bock."

„Wie ist denn der Name der Dame?"

„Dame? Dass ick nich lache! Ham' Se mich nich verstanden? Ick hab mit der Sache abjeschlossen. Ende. Aus. Finito."

„Wann diese Sache abgeschlossen ist, das werden kaum Sie bestimmen", konterte Verena. „Ich führe hier eine Mordermittlung. Aber Sie würden uns natürlich sehr helfen, wenn ..."

Doch Paul Kamm zuckte nur mit den Schultern. „Hab jetzt Feierabend. Muss weg", sagte er, drehte sich um und ging.

„Übrigens, Herr Kamm", rief Verena ihm hinterher, „wo waren Sie eigentlich am fünften Juni gegen zwölf Uhr mittags?"

Kamm reagierte nicht. Er ging unbeirrt weiter.

„Herr Kamm, wir sind noch nicht fertig", rief Verena noch lauter. „Wenn Sie die Zusammenarbeit mit uns boykottieren, machen Sie sich äußerst verdächtig. Ich kann Sie gern aufs Revier …"

Doch da war Kamm schon hinter dem Rohbau der Baustelle verschwunden.

Verena knurrte.

Hinter ihr räusperte sich der Bauleiter, den sie völlig vergessen hatte.

„Sind halt manchmal ungehobelte Klötze, unsere Jungs hier", sagte er versöhnlich. „Aber sie meinen es nicht so."

„Hm", entgegnete Verena. „Na gut. Jedenfalls danke ich Ihnen. Vielleicht komme ich nochmal wieder. Sehr wahrscheinlich sogar, falls Herr Kamm zu der Vorladung nicht erscheint, die er in den nächsten Tagen bekommen wird."

Der Bauleiter lächelte, als hätte er nichts dagegen.

4 Die hartnäckige Rentnerin

Samstagmorgen saß Verena in ihrem Büro und blätterte die bisherigen Akten zum Fall durch. Es war Pfingsten, aber während akuter Mordermittlungen gab es im Dezernat weder Feiertage noch Wochenenden. Die Sonne knallte auf die Fenster und es war eine Luft wie im Backofen, obwohl es erst zehn Uhr war. Ihr dröhnte der Kopf. Sie wischte sich die Stirn trocken. Was war das nur für eine merkwürdige Geschichte!

Gerade, als ihr Kollege von der Technik hereinkam, um ihr die Ergebnisse der Computerauswertung zu bringen, klingelte schon wieder das Telefon.

„Mayer-Galotti?"

„Ja, guten Tag, Frau Mayer, ich bin es noch einmal, Frau Zöllner. Ich störe Sie hoffentlich nicht?"

Verena wäre fast eine unhöfliche Bemerkung herausgerutscht. Welch eine penetrante Frau! Das war bereits ihr dritter Anruf in sechs Tagen! Nicht nur, dass sie so früh am Tatort aufgetaucht war, dass es schon fast verdächtig war, jetzt rief sie auch noch ständig an, als wäre dieser Mord das Zentrum ihres Rentnerlebens!

Verena holte tief Luft und sagte so freundlich wie möglich: „Sie stören nicht, aber fassen Sie sich bitte kurz, Frau Zöllner."

Für einen Moment überlegte sie, ob sie der Frau noch einmal deutlich ihren vollständigen Namen angeben sollte, entschied sich dann aber dagegen.

„Ja, also wissen Sie Frau Mayer, mir ist da noch etwas sehr Wichtiges eingefallen. Und man ist ja als Bürger zur Mitwirkung bei der Aufklärung von Verbrechen verpflichtet, nicht wahr. Die meisten Menschen würden es nicht tun, aber ich nehme diese Pflicht sehr ernst, wissen Sie. Und Sie sagten mir ja auch, wenn mir etwas Wichtiges einfällt, kann ich Sie jederzeit anrufen …"

„Hm", machte Verena, die sich im Stillen verfluchte, etwas in dieser Art tatsächlich gesagt zu haben, vor allem ausgerechnet zu der Frau. Aber das Wort jederzeit, da war sie sich sicher, hatte sie nicht gesagt! Sie seufzte, winkte ihrem Kollegen, die Akte auf den Schreibtisch zu legen, und bemühte sich, mit der freien Hand eine Zigarette aus der Schachtel zu angeln.

„Das ist doch richtig?"

„Ja", sagte Verena, „natürlich."

„Frau Mayer, ich habe mich wirklich noch einmal ganz genau erinnert. Ich habe mir den Abend vor einer Woche noch einmal sehr genau ins Gedächtnis gerufen, sozusagen Minute für Minute, jedes Detail …"

Anscheinend tat Frau Zöllner seit dem Mord nichts anderes mehr, als ihn sich sehr genau ins Gedächtnis zu rufen! Verena hatte weiß Gott noch anderes zu tun, als alten Frauen, die nicht wussten, was sie mit ihrer Zeit anfangen sollten, den Alltag aufzupeppen!

„Ja und?", murmelte sie und zündete sich die Zigarette an.

„Was ich sagen wollte: Natürlich habe ich die Gesichter der Männer nur aus großer Entfernung gesehen. Aber

Sie wissen ja, dass ich Lehrerin war, nicht wahr? Und als Lehrerin wird man im Laufe des Berufslebens sozusagen zum Gesichtsexperten. Ich konnte mir immer schon sehr gut Gesichter einprägen, und habe meine Schüler regelmäßig in Erstaunen versetzt, dass ich bereits am zweiten Tag, nachdem ich sie kennengelernt hatte, alle namentlich benennen konnte. Treffsicher."

„Großartig, Frau Zöllner", knirschte Verena. „Das ist schön für Ihre Schüler. Aber Sie wollten mir etwas Neues zu dem Fall erzählen. Bitte fassen Sie sich doch etwas kürzer, ich ..."

„Natürlich, natürlich, Sie haben ja zu tun. Ach – das muss ein so spannender Beruf sein, den Sie da ausüben, junge Frau! Bestimmt lieben Sie ihren Beruf ebenso wie ich meinen geliebt habe. Also, was ich Ihnen sagen wollte: Die beiden Männer, die ich vorgestern Abend gemeinsam ins Hotel gehen sah, der eine davon war ja eindeutig die Leiche, also die spätere Leiche meine ich natürlich ..."

„Das sagten Sie schon." Verena fragte sich im Stillen, wie sie es fertig brachte, immer noch höflich zu bleiben.

„Ja, aber der andere, und darauf wollte ich doch hinaus, der andere, das ist mir noch eingefallen, hatte so eine merkwürdige Frisur."

„Aha", sagte Verena und dachte: Diese Frau ist bestimmt selbst die Mörderin. So muss es sein. Die erzählt mir das Blaue vom Himmel, nur um mich zu verwirren. Warum ist die mir nur so furchtbar unsympathisch? Aber dann verwarf sie den Gedanken gleich wieder, weil er, nüchtern betrachtet, schlichtweg lächerlich war.

„Was meinen Sie mit merkwürdig?"

„Die Frisur war schief, wissen Sie, rechts über der Stirn waren ganz viele Haare, und links dagegen hatte er so etwas wie eine riesige Geheimratsecke. Fast eine Glatze. Man sah jedenfalls ganz viel Stirn. Er sah ganz schief aus dadurch. Und dann hatte er noch Koteletten, lange, dunkle Koteletten, und Locken im Nacken."

„Aha", sagte Verena wieder.

Frau Zöllner war hörbar enttäuscht über die sparsame Reaktion. „Sie glauben mir nicht?"

„Doch natürlich, Frau Zöllner. Ich wundere mich nur, dass Sie das alles so genau erkannt haben können bei über zwanzig Metern Entfernung."

„Vor dem Hotel war es hell beleuchtet!", gab die alte Frau beleidigt zurück. „Und ich habe gute Gläser! Falls es Sie noch interessiert, was ja eigentlich Ihre Pflicht sein müsste – das ist noch nicht alles, woran ich mich erinnere."

Verena schwieg jetzt lieber und betrachtete gedankenverloren den leeren Stuhl ihres Kollegen Dennis.

„Er hatte ein Gesicht wie ein Affe."

„Wie ein Affe? Wie meinen Sie das?"

„Wie ein Neandertaler eben, so grob, und sehr starke, dunkle Augenbrauen. Wissen Sie was, Frau Mayer, ich habe mich direkt gegruselt an dem Abend, vermutlich habe ich ihn mir deshalb so deutlich eingeprägt."

„Danke, Frau Zöllner", sagte Verena und atmete tief durch. „Ich werde mir ihre Angaben notieren und rufe Sie wegen eines Phantombildes gegebenenfalls an."

Frau Zöllner beteuerte sofort, dass sie ihr selbstverständlich jederzeit zur Verfügung stehen würde, und sie könne auch gleich kommen, so etwas sei ja schließlich wichtig. Aber an ihrer Stimme ließ sich erkennen, dass sie beleidigt war, weil sie sich nicht ernst genommen fühlte.

Dann legte sie auf.

„Noch mehr solche Zeugen, und ich drehe durch!", fluchte Verena. Es ärgerte sie, dass ihre Zigarette im Aschenbecher heruntergebrannt war, ohne dass sie etwas davon gehabt hatte.

Sie steckte sich eine neue an und sah zur Übersichtswand hinüber. Es war wie verhext. Immer, wenn es besonders viel zu tun gab, wenn ein wirklich verzwickter Fall anstand, war ihr Partner Dennis nicht da. War dagegen nichts los, war er immer zugegen. Dann saß er wie ein Buddha sinnlos in seinem Schreibtischstuhl herum, drehte Däumchen und nervte sie mit seinen Krankengeschichten. Musste er ausgerechnet jetzt schon wieder im Urlaub sein? Erst Ende Juni würde er wiederkommen. Dabei hätte sie ihn jetzt so gebraucht. Ihr fehlte das Gespräch. Wenn sie mit Dennis die Fakten erörterte, kam sie in der Regel schneller auf den springenden Punkt, auch wenn Dennis nur zuhörte.

„Also", sagte sie laut in Richtung des leeren Arbeitsplatzes: „Hör zu, Dennis. Wir haben diesen toten Randolf, über dessen Ableben bestimmt einige Leute erleichtert sein werden. Randolf. Was ist das überhaupt für ein beknackter Vorname?"

Sie ging zur Übersichtswand und pinnte ein Foto der Leiche in die Mitte. „Und dann haben wir diesen dubiosen Affenmenschen, der laut Aussage unserer penetranten Frau Zöllner mit dem Opfer am Tatort gesehen wurde, kurze Zeit vor der Tat."

Es war fast, als wäre Dennis da. Sonst trug er ja auch nicht aktiv zur Lösung bei.

Sie schrieb „Verdächtiger 1: Affe" auf einen Zettel und pinnte diesen an. „Und dann haben wir die liebe Frau Zöllner selbst, die vorgibt, eine Zeugin zu sein, die wahrscheinlich auch eine Zeugin ist, aber wer weiß?"

Man durfte nichts ausschließen. „Sie war Lehrerin. Vielleicht war Randolf Bock ein Schüler von ihr und sie hat noch eine alte Rechnung mit ihm offen? Ich hasse Lehrerinnen!" Mit einem Gefühl des Triumphes, das nicht wenig mit lang zurückliegenden Grundschulerfahrungen zu tun hatte, pinnte Verena einen Zettel an, auf dem „Verdächtige 2: Frau Zöllner" stand.

„Und drittens", fuhr sie fort, „gibt es da Randolf Bocks Kollegen, Paul Kamm, mit dem er offensichtlich um eine Frau konkurriert hatte. Und viertens haben wir die Frau selbst. Ich muss unbedingt erfahren, wie sie heißt."

Sie schrieb „Verdächtiger 3: Paul Kamm" und „Verdächtige 4: Freundin, unbekannt" auf zwei separate Zettel und heftete diese ebenfalls an die Pinnwand.

„Macht insgesamt vier Verdächtige bis hierhin", schloss sie ihr Resümee ab.

Dann trat sie zurück und betrachtete die Pinnwand wie ein Maler sein Kunstwerk. Sie zündete sich eine neue Zigarette an und dachte über den garstigen Bock nach.

Seine Polizeiakte war nicht leer, aber sie bot auch keine auffälligen Hinweise. Ein paar Strafanzeigen waren gegen ihn gestellt worden, wegen Körperverletzung und Diebstahl, aber da es sich immer um geradezu lächerliche Verletzungen und Beträge gehandelt hatte, war er immer glimpflich davongekommen. Ärgerliche Hundebesitzer gab es, aber würden die so weit gehen ihn umzubringen? Hundebesitzer waren ja manchmal merkwürdige Leute. Oder die Eltern der verletzten Kinder? Sicher nicht. Wo war überhaupt dieses Motorrad? Man musste es suchen.

„Verdammt, Dennis, so kommen wir nicht weiter! Sag doch endlich mal was!"

Doch Dennis sagte nichts.

5 Die auffällige Objektivkappe

Zeitweise erhielt Verena Unterstützung von einem anderen Kollegen, André Haase. Ein netter Kerl, fast zwei Meter groß, schlaksig, mit blonden Locken. Er war gerade einmal dreiundzwanzig und hatte ein ähnliches Problem wie sie – sein Partner fiel häufig aus. Die Zusammenarbeit mit ihm sagte ihr jedoch nicht besonders zu. Haase hatte wenig Erfahrung in der Ermittlungsarbeit, fragte ständig nach und war ziemlich unselbstständig. Um ihn zu beschäftigen, schickte sie ihn noch einmal zur Wohnung von Bock.

„Guck doch nochmal, ob wir etwas übersehen haben", trug sie ihm auf. „Schau dir die Wohnung an, die Umgebung, einfach alles. Jedes Detail kann wichtig sein."

Prompt meldete sich Haase nach ein paar Stunden telefonisch und teilte ihr mit, er habe vor dem Fenster von Bocks Parterrewohnung eine schwarze Objektivkappe gefunden und an die Spurensicherung übersandt.

„Super Arbeit, André", lobte sie ihn.

„Danke", erwiderte dieser. „Vielleicht bedeutet es ja nichts. Aber du hattest gesagt …"

„Doch, das ist klasse. Das meine ich ehrlich."

„Du bekommst die Ergebnisse der Untersuchung heute noch von Ralf. Sagt er jedenfalls."

„Perfekt!"

Verena freute sich. Vielleicht war Haase doch nützlicher als sie gedacht hatte. Nützlicher als Dennis war er bereits jetzt.

Nach dem Telefonat widmete sich Verena einer dicken Akte auf ihrem Schreibtisch, die ihr von der Computerabteilung zugeschickt worden war. Sie setzte sich und vertiefte sich in die Berichte. Schmunzeln musste sie über eine der E-Mail-Adressen des Opfers: drache-von-tarascon@mail.com. „Das wärst du wohl gern gewesen“, murmelte sie. Sehr interessant allerdings war eine der Mails, die Randolf Bock am ersten Mai erhalten hatte:

Sie haben Interesse an ‚Maler auf dem Weg nach Tarascon‘ signalisiert. Kostenpunkt 3 Mill. Dollar. Kontaktieren Sie mich. Es folgte eine lange Telefonnummer. Ein Name fehlte. Unter dem Mailausdruck gab es eine Notiz der Computerfachleute: Telefonnummer von Konrad Bessi, San Carlos de Bariloche, Argentinien.

Argentinien? Was sollte das denn? Wer oder was war der *Maler auf dem Weg nach Tarascon*? Das musste sie googeln. Und warum tauchte zweimal Tarascon auf? Das passte doch alles nicht zusammen. Was sollte ein Typ wie Randolf Bock, der auf dem Bau gearbeitet und sich, wie man der Akte entnehmen konnte, ziemlich häufig auf zwielichtigen Sexseiten im Netz herumgetrieben hatte, mit Argentinien zu tun haben? Sie blätterte weiter. Interessant. Auch Bock hatte *Maler auf dem Weg nach Tarascon* gegoogelt. Am selben Tag, an dem er die Mail erhalten hatte.

Sie tippte es ein und fand schnell heraus, dass es sich dabei um ein verschwundenes Bild von Van Gogh handelte. 1937 war es den jüdischen Eigentümern gestohlen, auf der Ausstellung „Entartete Kunst“ in Berlin gezeigt und hinterher im Magdeburger Schloss versteckt worden. Nach dem Krieg war es verschwunden.

Existierte das Bild also noch? Warum aber sollte ausgerechnet Randolf Bock ein solches Bild kaufen? Das war kein Kunstinteressierter! Der hatte Motorräder, Superhelden und Sex im Kopf gehabt, aber doch nicht Kunst! In seiner Wohnung hatte es nicht ein einziges Bild an den Wänden gegeben oder sonst etwas, das auch nur im Entferntesten auf irgendwelches Kunstinteresse hätte schließen lassen. Und woher sollte ausgerechnet dieser Mensch, dessen Konto immer haarscharf am unteren Limit des Dispo herumschrammte, drei Millionen Dollar nehmen?

„Konrad Bessi", dachte sie laut, „auch dieser Konrad Bessi könnte ein Verdächtiger sein. Man müsste zumindest mal recherchieren, ob er sich zur Tatzeit in Deutschland aufgehalten hat."

Sie tippte eine E-Mail zur Beauftragung der Recherche in ihren Computer.

Dann nahm sie einen Zettel, schrieb „Verdächtiger 5: Konrad Bessi, Argentinier" darauf, und fügte ihn ihrem Arrangement hinzu. Das wurde ja immer unübersichtlicher.

Gerade, als sie sich wieder an den Schreibtisch setzte und sich in die Akte vertiefen wollte, ging die Tür auf.

Ralf trat ein. „Na, dein Kollege wieder mal krank?"

„Ist er nicht krank, ist er im Urlaub."

„Du Arme!"

Wie gewöhnlich, und besonders wenn sie alleine waren, versuchte Ralf sie anzubaggern. Er stellte sich hinter ihren Schreibtischstuhl, legte seine Hände auf die Lehne und berührte dabei wie zufällig ihre Schultern. Mit einem Ruck drehte Verena sich um und schüttelte ihn dabei ab. Ralf war im Grunde ein netter Kerl, aber sie stand nicht auf Männer, die jünger waren als sie.

„Verena, wir haben feine Fingerabdrücke", sagte Ralf, der versuchte, sich seine Kränkung nicht anmerken zu lassen. Er legte eine schwarze Objektivkappe in einer Plastiktüte auf ihren Schreibtisch. Es war die Objektivkappe, von der ihr bereits Haase erzählt hatte.

„Das Teil hier stammt von einer teuren Leica-Kamera. Die Abdrücke sind traumhaft. Besser geht's nicht. Auf dem glatten Material wie aus dem Lehrbuch. Siehst du? Sogar von beiden Daumen."

Wie ein Schüler, der seiner Lehrerin eine Freude machen möchte, blätterte er einige vergrößerte Ausdrucke mit Fingerabdrücken vor ihr hin. „Aber leider – ich hab's schon durchlaufen lassen – Fehlanzeige. Jedenfalls nichts in der Kripo-Datei."

„Ach, Ralf, das wär' doch gar nicht dein Job gewesen", sagte Verena versöhnlich.

Er grinste sie schief an.

„Trotzdem danke."

„Gern. Ich hätte dir viel lieber einen anständigen Verdächtigen präsentiert."

„Nett von dir. Aber ob diese Objektivkappe überhaupt was damit zu tun hat, wissen wir ja noch gar nicht. Die kann schließlich irgendjemand einfach da unterm Fenster verloren haben ..."

„Stimmt." Ralf schaute zur Pinnwand. „Kommst du denn weiter?" Er trat auf ihr Arrangement zu und betrachtete stirnrunzelnd die Zettel. „Äh? Du verdächtigst einen Affen?"

„Nein, keinen Affen", sagte Verena, stand auf und schob Ralf sanft zur Tür.

„Wenn du mich brauchst …", murmelte er devot.

„Danke."

„Und was ich sagen wollte: Meine Einladung zum Essen steht noch …"

„Danke Ralf, ich muss jetzt wirklich weitermachen."

Die Tür fiel hinter ihm zu.

Verena stand vor ihrem Schreibtisch und biss sich auf die Lippe. Warum wurde sie ausschließlich von Männern angebaggert, die sie so gar nicht interessierten?

Die Objektivkappe lag da wie ein Vorwurf. Ralf war ein zuverlässiger Typ. Wenn er sagte, dass er die Fingerabdrücke abgeglichen und nichts gefunden hatte, stimmte das. Schade. Das hätte eine Spur sein können. Irgendetwas in ihr weigerte sich, die runde Plastikscheibe in dem Fach verschwinden zu lassen, in dem die unergiebigen Fundstücke lagen. So schöne Fingerabdrücke! Und zu nichts nütze!

Verena wanderte durchs Büro. Sie wusste einfach immer noch zu wenig von diesem Bock. Man musste unbedingt diese Freundin finden, um die Bock und Kamm sich gestritten hatten. Vor allem die. Vielleicht wusste sie etwas.

Wieder klingelte ihr Telefon.

Es war Sven.

„Wir sind jetzt mit der Untersuchung auf Fremd-DNA durch", sprudelte er los. „Es gibt fremde Hautschuppen an den Händen des Opfers, die definitiv männlich sind, aber sie passen auf niemanden in der Datenbank."

„Verdammt!", entgegnete Verena. „Trotzdem danke!"

„Ich mache nur meinen Job. Adios!"

Nachdem sie den Telefonhörer aufgelegt hatte, initiierte sie sofort eine Vorladung für Paul Kamm. Von ihm mussten unbedingt DNA-Proben genommen werden. Und man musste ihn auf jeden Fall nochmal verhören. Der wusste doch definitiv mehr über Bock, als er gesagt hatte. Was war am Tag seines Todes genau passiert? Lebten seine Eltern noch? Hatte er Geschwister? Und warum Argentinien ...?

Nachdenklich betrachtete Verena die Objektivkappe. Plötzlich hatte sie eine Idee. Eine ihrer Kolleginnen hatte gerade in der vorletzten Woche einen Riesentreffer gelandet, nur weil sie einen Gesichtsabgleich im Archiv einer ganz anderen Abteilung gemacht hatte. Die Kollegen hatten sie dafür ausgelacht und gespöttelt, sie habe wohl nichts zu tun, dass sie dort suche, wo man gar nichts finden könne. Und dann war der Erfolg gekommen. – Wenn sie nun einen Abgleich mit den Dateien der Einreisebehörden beantragen würde? Zum Beispiel mit den Einreisen aus Argentinien in den letzten vier Wochen?

So absurd es ihr vorkam, aber zum ersten Mal bei diesem Fall hatte sie dieses Kribbeln im Bauch, das immer dann auftauchte, wenn sie die richtige Fährte witterte. Was soll's, dachte sie. Ich versuch's. Schaden kann es schließlich nicht.

Nach einigen Telefonaten mit dem Zoll, mit Interpol und ihrem Chef hatte sie schließlich die richtige Stelle gefunden, an die sie die Fingerabdrücke schicken konnte.

Am Abend hätte Verena gern eine Flasche Rotwein im Schreibtisch gehabt. Sie war einfach genial! Endlich ein Erfolg!

Vor ihr lagen zwei Ausdrucke, einer vom Flughafen, daneben der von Ralf. Volltreffer.

Die Fingerabdrücke auf der Objektivkappe gehörten zwar zu keinem der bisherigen Verdächtigen. Insbesondere nicht, wie sie es am ehesten vermutet hätte, zu dem Argentinier Konrad Bessi. Aber dafür gehörten sie einem anderen Argentinier! Interpol hatte die Fingerabdrücke ausfindig gemacht, da er sie zu einem anderen Zeitpunkt bei einer Einreise in die USA hinterlassen hatte. Immer wieder las Verena die Mail der Kollegen: *Ari Kelch, 62, wohnhaft San Carlos de Bariloche, Argentinien, eingereist am 05.05.2011, um 18.32 Uhr, Berlin-Tegel. Übereinstimmendes Ergebnis.*

Konnte das ein Zufall sein? Zwei Männer aus Argentinien, Bessi und Kelch, die mit dem Kleinganoven Randolf Bock in Zusammenhang standen? Verena begriff zwar die Berührungspunkte noch nicht, aber die würde sie schon herausfinden. Es war durchaus möglich, dass es sich hier um den Mörder handelte! Mit einem Gefühl des Triumphes schrieb sie den Namen „Ari Kelch“ mit der Ergänzung „Verdächtiger 6“ auf einen Zettel und heftete diesen schwungvoll an die Pinnwand.

„So! Feierabend!“ Plötzlich war sie hundemüde und merkte, dass sie erheblichen Hunger hatte. Sie sah auf die Uhr, es war kurz nach zehn. Und im selben Moment fiel ihr ein, dass sie ja tagsüber hatte etwas zu essen einkaufen wollen. In ihrem Kühlschrank zu Hause war gähnende Leere.

„Mist!“, fluchte sie. „Und morgen haben die Geschäfte zu!“ Könnte es nicht mal jemanden geben, der sie zum Essen einlud und mit dem sie Spaß hätte, essen zu gehen?

Sie wollte sich eine Zigarette anzünden, aber die Schachtel war leer.

6 Geister der Vergangenheit

Wie ein Tiger im Käfig wanderte Konrad am Pfingstmontag in seinem Haus am Lago Nahuel Huapí auf und ab. Trotz der Unmengen an Mate-Tee, den er wie ein Süchtiger in sich hineingekippt hatte, konnte er sich einfach nicht auf seinen Theatertext konzentrieren.

Er öffnete die Tür zur Loggia, trat hinaus und ließ seinen Blick über den azurblauen See und die erhabenen Berge am anderen Ufer schweifen. Doch es war, als berühre ihn die idyllische Landschaft inmitten der patagonischen Anden heute ebenso wenig wie Gogols Theaterstück. Was immer er auch versuchte, er fand partout keinen Zugang zu der Komödie des russischen Dichters. Warum musste es auch ausgerechnet ein Stück aus Russland sein und dann noch aus dem Jahr 1836? Hätte es nicht etwas Zeitgemäßeres sein können – oder wenigstens ein Stück von Oscar Wilde? Etwas mit mehr Charisma, mit einer internationaleren Ausstrahlung vielleicht. Der Regisseur muss ein ziemlicher Kleingeist sein, um sich für eine solche Komödie zu entscheiden, dachte Konrad abschätzig. Kein Wunder, dass er es nicht über das kleine Theater in dem Provinznest hinaus geschafft hat.

Konrad starrte auf den Textauszug des Revisors. Das kann doch nicht so schwer sein, sagte er sich. Junge, reiß dich am Riemen! „Per aspera ad astra – der Weg zu den Sternen ist steinig." Es klang fast wie Hohn, als er die Worte seines Vaters in seinem Kopf vernahm. Der Siebenunddreißigjährige knirschte mit den Zähnen, kehrte ins Salonzimmer zurück und genehmigte sich an der Hausbar eine Fernet Coca. Ja, sein Vater war immer groß darin gewesen, preußische Tugenden von sich zu geben. Konrad ließ das bittersüße Mischgetränk seine Kehle herunterrinnen, aber es half ihm nicht, auch die Wut auf seinen Vater herunterzuspülen.

Herrmann Bessi war bis zuletzt Schuldirektor der Escuela Goethe gewesen, einer renommierten deutschen Schule in Bariloche. Die ihm anerzogenen Überzeugungen von Disziplin, Fleiß, Bescheidenheit und Gehorsam hatten Bessi Senior nicht nur innerhalb der deutschen Kommune, sondern auch im ganzen, 100.000 Einwohner zählenden Städtchen zu einem angesehenen Mann gemacht. Dass hinter der Fassade des tugendhaften Bürgers aber auch ein unnachgiebiger, hartherziger Vater und Patriarch steckte, hatte niemand im Dunstkreis von Herrmann Bessi wissen wollen. Solange er regelmäßig seine Steuern zahlte und für ein gutes Ansehen der Schule sorgte, interessierte sich auch niemand dafür, wie kurz er seine Ehefrau und seinen Sohn trotz des stattlichen Vermögens hielt. Der Geiz seines Vaters war ins Absurde gestiegen, nachdem Konrads Mutter gestorben war. Während andere Jugendliche Taschengeld und öfter neue Kleidung bekamen, musste Konrad meist die altmodischen Hosen, Hemden und Sakkos aus dem Fundus seines Vaters und Großvaters auftragen. Seine kläglichen Versuche aufzubegehren, wurden mit Schlägen quittiert.

Konrads Mutter war die Einzige gewesen, die seine Kindheit halbwegs erträglich gemacht hatte. Gegen den Willen seines Vaters hatte sie ihm Klavier und Gesang beigebracht. Und je strenger sein Vater zu ihm geworden war, desto mehr hatte ihn seine Mutter umsorgt und umhätschelt. Konrad hatte sich oft gefragt, wie eine so künstlerische und sensible Frau es all die Jahre mit einem solch verrohten Despoten ausgehalten hatte. Aber wer weiß, vielleicht hätte sie sich eines Tages von ihrem Mann getrennt. Stattdessen hatte der Unfall ihr Leben abrupt beendet. Konrad erinnerte sich genau, wie seine Mutter ihm damals noch zugewinkt hatte, als sie völlig ahnungslos das von Tollwut infizierte Pferd bestiegen hatte. Wenige Minuten später war sie tot gewesen. Der Hengst war durchgegangen und hatte sie abgeworfen.

Er hasste seinen Vater noch heute dafür. Er war davon überzeugt, dass dieser für den Tod seiner Mutter verantwortlich war. Der tollwütige Hengst hatte schon Tage vorher ein merkwürdiges Verhalten gezeigt. Es war mehrfach darüber gesprochen worden. Doch Bessi Senior hatte es natürlich nicht für nötig befunden, das Pferd von einem Tierarzt untersuchen zu lassen.

Aus ähnlichem Holz geschnitzt wie Herrmann Bessi war auch dessen Vater Georg Bessi gewesen. Konrad hatte seinen Großvater zwar nie persönlich kennengelernt, aber was er aus den Erzählungen seines Vaters wusste, reichte aus, um sich ein Bild von ihm zu machen.

Als der hochgewachsene Deutsche mit der militanten Stimme Anfang der 1950er Jahre aus dem fernen Europa in die patagonische Kleinstadt ausgewandert war, hinterfragten weder die Einheimischen noch die zugewanderten Bewohner, was genau ihn nach Südamerika verschlagen hatte. Alle wussten, dass etliche Ankömmlinge Naziverbrecher waren. Aber was die Betreffenden genau getan hatten oder wie viele Menschen sie umgebracht hatten, wurde verschwiegen. Ein kleines Komitee hochrangiger Hitleranhänger stimmte über jeden Einreiseantrag persönlich ab und finanzierte falsche Papiere und Schiffseinreisen. Die Perons und Mitglieder des Vatikans fungierten als Vermittler. Bariloche sollte ein Neuanfang sein. Jeder Verbrecher der kam, erhielt einen Job im Brückenbau oder in der Maschinenproduktion, und gliederte sich in eine neue Hierarchie ein, die der alten überraschend ähnlich war. In Bariloche lebte das dritte Reich weiter, wenngleich auch nur in winziger Form.

Doch nicht nur das Bild und das Haus des Großvaters beschworen die Schatten der Vergangenheit herauf. Auch Touristen kamen häufig vorbei und fotografierten die bayerische Landhausfassade von Konrads Haus.

Natürlich hatte es seit eh und je viele Touristen in Bariloche gegeben. Die „argentinische Schweiz" galt als Eldorado für Naturfreunde, Wanderer und Skifahrer. Aber dass einige dieser Leute seit geraumer Zeit vorzugsweise sein Haus und Häuser von Freunden und Bekannten seines Großvaters ablichteten, war nach Konrads Auffassung einzig und allein einem Mann zuzuschreiben: Abel Basti. Dieser Journalist sorgte für mächtige Furore in den lokalen Medien. Unter anderem versuchte er zu beweisen, dass Adolf Hitler und Eva Braun nach dem Zweiten Weltkrieg nach Argentinien geflohen seien. In seinen Artikeln konnte man lesen, dass der tot geglaubte Diktator auf patagonischen Anwesen in San Ramon und Inalco Unterschlupf gefunden hätte und dass Eva Braun bis zum heutigen Tage lebte. Den Vogel aber hatte Basti in Konrads Augen mit einem Touristenführer der besonderen Art abgeschossen. In seinem Buch *Bariloche Nazi* hatte der Journalist doch tatsächlich die Wohnorte ehemaliger deutscher Nationalsozialisten auf Landkarten verzeichnet! Unter anderem auch Konrads Haus, was diesen besonders ärgerte. Konrad hielt Abel Basti für einen Aufschneider und Geschichtenerzähler. Viele jedoch glaubten ihm. Seine Beweise waren angeblich seriös.

Aber selbst wenn ein Fünkchen Wahrheit in Bastis Büchern und Artikeln stecken sollte, es gab doch Wichtigeres für Konrad, als sich mit den dunklen Seiten seiner Familiengeschichte auseinanderzusetzen. Was brachte das denn? Die Geschichte war nun einmal, wie sie war, da konnte man nichts mehr dran ändern. Die fotografierenden Touristen vor seinem Haus nervten ihn allerdings zunehmend.

Sein Handy klingelte. Martin war am Apparat.

„Hola! Was machst du?“, fragte er fröhlich.

„Ich versuche schon seit Tagen, meinen Text zu lernen“, stöhnte Konrad missmutig. „Widerlich. Ich kriege es einfach nicht hin, ich bin völlig verkrampft. Und dann ständig diese Touristen vor meinem Haus! Die machen mich krank!“

„So wird das nichts, Boludo. Du brauchst eine kleine Auszeit. Entspann dich mal.“

„Du hast gut reden. Wie denn?“

„Hey, wie wäre es mit einer Tour in die Berge? Hast du Lust? Oder wir fahren endlich wieder einmal nach El Bolson!“

„Was? Danke, nach Hippie-Flohmarkt ist mir jetzt gerade nicht zumute.“

„Nein, zu Fabio. Er hat eine neue Bar eröffnet. Es soll ziemlich angesagt dort sein. Komm schon, wir haben ihn so lange nicht gesehen. Wir könnten auch über Nacht bleiben, wenn du magst.“

„Fabio hat im Moment gar keinen Platz für uns“, wandte Konrad ein. „Er hat Freunde aus Brasilien zu Besuch, hab ich gehört. Sein ganzes Haus ist voll.“

„Kein Problem, dann nehmen wir uns eben ein schickes Hotelzimmer. Am besten die Honeymoonsuite. Na? Was meinst du? Das gefällt dir doch sonst auch. Mittwoch wäre toll. Da habe ich frei.“

„Hm“, machte Konrad und biss sich auf die Lippen. Es war ihm momentan nicht besonders daran gelegen, zusätzliche Luxusausgaben zu tätigen. Zumindest nicht, bevor er den Verkauf des Bildes unter Dach und Fach hatte. Die Aussicht, seinen gewohnten Lebensstandard eines Tages zurückschrauben zu müssen, bereitete ihm ein geradezu körperliches Unbehagen. Andererseits wollte er vor Martin nicht wie ein Geizkragen dastehen – niemals und unter keinen Umständen!

„Ach komm schon, Mann!", rief Martin „Es wird dir gut tun, mal rauszukommen. Und danach lernt sich dein Text wie von selbst."

„Na gut. Wahrscheinlich hast du recht", sagte Konrad langsam. Lust stieg in ihm auf, als er sich daran erinnerte, wie er und Martin sich das letzte Mal in einem Hotelzimmer vergnügt hatten. Verdammt, es konnte doch nicht so schwer sein, dieses Bild zu verkaufen! Er brauchte einfach das Geld, und zwar bald! „Also gut. Einverstanden. Mittwoch."

In erheblich besserer Stimmung als am Morgen beendete er das Telefonat.

7 Kompromittierende Fotos

Am Morgen des vierzehnten Juni, als sich Verena gerade auf den Weg zu dem Verdächtigen Ari Kelch machen wollte, erschien Paul Kamm auf dem Revier. Es war ihm anzusehen, dass jede Faser seines Körpers diesem Besuch widerstrebte.

„Tach. Ick wollt nur meene DNA-Probe abjeben …", begrüßte er Verena.

„Gute Entscheidung!", entgegnete sie und brachte ihn persönlich zum Labor.

Während Paul Kamm seine Speichelprobe abgab und Verena vor der Tür wartete, kam André Haase den Flur entlang. Sie rief ihn zu sich und bat ihn, sich anschließend um Kamm zu kümmern.

„Ich muss endlich zu diesem Ari Kelch. Nimm dir Kamm nochmal vor, ich bin sicher, der weiß mehr, als er sagt. Frag ihn nochmal, wo er zur Tatzeit war. Mich interessiert sein Alibi, falls er eins hat, in allen Einzelheiten. Und wie diese Freundin von Bock heißt, will ich wissen. Und wo wir sie finden können! Und wenn das Ergebnis der DNA-Untersuchung da ist, rufst du mich bitte sofort an, okay?"

Haase nickte.

Der Aufenthaltsort des neuen Verdächtigen, Ari Kelch, war schnell gefunden. Er wohnte, ordnungsgemäß gemeldet, in einem sanierten Apartment-Altbauhotel in der Saarbrücker Straße, unweit des Alexanderplatzes. Verena registrierte, dass dieses Hotel in Laufnähe zum Tatort lag. Kelch hatte dort vor über fünf Wochen, am Tag seiner Ankunft aus Argentinien, ein Zimmer gemietet und dies auch seither bewohnt.

Dieser Umstand machte Verena allerdings stutzig. Entweder war Herr Kelch besonders abgebrüht oder aber er fühlte sich auffallend sicher. Warum sonst sollte jemand, der einen Mord begangen hat, sich so leicht finden lassen und nicht die geringsten Anstrengungen unternehmen, seine Spuren zu verwischen oder zu flüchten? Warum war er immer noch in Berlin und nicht gleich nach der Tat, sofern er sie begangen hatte, abgereist?

Schon als sie ins Auto stieg, fragte sie sich, ob es eine gute Idee war, allein zu diesem Hotel zu fahren. Schließlich wusste sie nicht, ob Kelch gefährlich war. Aber noch weniger wusste sie, ob sie sich auf Haase in einer Gefahrensituation verlassen konnte. Da verließ sie sich lieber auf sich selbst. Daran hatte sie sich gewöhnt.

Sie steckte sich eine Zigarette an und fädelte sich durch den zähen Verkehr, verärgert wegen des Staus und wegen Dennis. Schon am ersten Tag, als Dennis ihr vor drei Jahren zugeteilt worden war, war sie skeptisch gewesen. Nicht, dass sie auf den üblichen alkoholischen Einstand scharf gewesen wäre. Männer hatten selten ihren Weingeschmack. Aber es hatte schon bessere Ideen gegeben als Streuselkuchen! Ein Typ, der sich mit selbstgebackenem

Streuselkuchen präsentierte, und, nachdem man das trockene Zeug der Höflichkeit halber verdrückt hatte, auch noch verkündete, seine Mutter hätte es extra zu diesem Anlass gebacken – was konnte man da schon erwarten! Ein Muttersöhnchen! Und nun hatte sie den Salat. Andauernd musste sie sich allein irgendwelchen Gefahren aussetzen, weil ihr Partner durch Abwesenheit glänzte.

Gestresst zündete sie sich die fünfte Zigarette an, während sie das Auto durch den Stau navigierte. Es ging so gut wie überhaupt nicht vorwärts.

In der Konsole zwischen Fahrer- und Beifahrersitz lag noch die letzte Packung mit Entwöhnungstabletten. Aber wie sollte man bei diesem Arbeitsdruck mit dem Rauchen aufhören? Verena warf sie wütend beiseite.

„Gott, bin ich sauer", entfuhr es ihr. „Auf Dennis, auf Giovanni, auf Pestfliegen wie Ralf oder Frau Zöllner, auf den Stau ... auf mich selbst. Was für ein Dreckstag!"

Fast eine Stunde brauchte sie für die lächerlichen fünf Kilometer. Da wäre sie zu Fuß schneller gewesen. Im Hotel angekommen, war es zehn Uhr. Sie wies sich an der Rezeption als Kriminalbeamtin aus und ließ sich die Zimmernummer von Ari Kelch geben. Dann atmete sie tief durch, näherte sich mit bestimmten Schritten seiner Tür und klopfte.

„Ja?", ertönte eine freundliche, ältere Männerstimme.

„Verena Mayer-Galotti von der Kriminalpolizei. Herr Kelch? Ich möchte Ihnen einige Fragen stellen. Würden Sie bitte die Tür öffnen?", forderte sie in barschem Ton.

„Sofort", antwortet die Stimme erneut. Als sich das

Schloss drehte, tastete Verena nach ihrer Waffe und wich angespannt einen Schritt beiseite.

Was hatte sie erwartet? Im Türrahmen erschien ein schlanker, grauhaariger Mann, der gerade seine Lesebrille abnahm. Er sah dermaßen harmlos aus, dass sie sofort die Finger von der Waffe nahm. Seine schwarze Anzughose saß tadellos. Sein beigefarbenes, an den Ärmeln leicht hochgekrempeltes Hemd, verlieh ihm gerade den richtigen legeren Ausdruck, um ihn sofort sympathisch zu finden.

Seine wässrig blauen Augen blickten Verena erwartungsvoll aber ruhig an.

„Sind Sie Herr Ari Kelch?"

„Ja. Worum geht es denn, wenn ich fragen darf?", erwiderte er in akzentfreiem Deutsch, während er sie freundlich anlächelte.

„Um eine Mordermittlung und Ihre Spuren am Tatort", antwortete Verena.

„Oh! Mord?", stammelte Kelch und lächelte verunsichert. „Ich bin mir keiner Schuld bewusst. Aber selbstverständlich stehe ich Ihnen zur Verfügung. Was möchten Sie denn wissen? Kommen Sie doch bitte herein."

„Es handelt sich bisher lediglich um eine Befragung." Verena versuchte, möglichst amtlich zu klingen, und betrat das Hotelzimmer. Ohne ihre Sachen abzulegen, setzte sie sich auf die Kante eines Schreibtischstuhls und wartete, bis Ari Kelch auf dem einzigen Sessel Platz genommen hatte.

Es war angenehm still im Zimmer. Auch Herr Kelch strahlte Ruhe aus. Verena merkte, wie sie von einem wohligen Gefühl umfangen und ihr Atem langsam ruhiger wurde. Der Stress und der Ärger, die sie noch vor wenigen Minuten empfunden hatte, ließen merklich nach. Sie wunderte sich, unterdrückte die Irritation aber und räusperte sich.

„Herr Kelch, wo waren Sie am Sonntag, dem fünften Juni gegen Mittag?"

„Am fünften Juni … Vor etwas über einer Woche …", murmelte er, „lassen Sie mich überlegen. Ach genau, den Sonntag, jetzt weiß ich es wieder. Da habe ich lange geschlafen, ungefähr bis um elf, dann habe ich gefrühstückt …"

„Haben Sie Zeugen dafür?"

Er sah sie erstaunt an.

„Das Frühstück habe ich hier im Hotel eingenommen."

„Nicht fürs Frühstück. Vorher."

„Für mein langes Schlafen?"

„Ja."

Kelch blickte sie amüsiert an.

„Hatten Sie Besuch?"

„Nein, ich schlafe gewöhnlich allein."

Verena nickte. Es passte ihr gar nicht, dass sie merkte, wie sie rot wurde. Langsam zog sie zwei Fotos aus der Tasche.

„Können Sie sich diese Fotos bitte einmal ansehen? Das erste zeigt die Objektivkappe einer Leica-Kamera, auf der Ihre Fingerabdrücke gefunden wurden. Auf dem zweiten sieht man den Ort, an dem die Kappe lag, und zwar vor dem Fenster der Nelly-Sachs-Straße 8. In genau dieser

Wohnung wohnte ein Mann, der am fünften Juni ermordet wurde. Würden Sie bitte bestätigen, dass die Kappe von Ihnen stammt und mir außerdem erklären, was Sie an diesem Ort zu suchen hatten?"

Kelch schien ehrlich überrascht. Wenn er diese Überraschung spielte, hatte er seine Berufung, Schauspieler zu werden, verpasst.

Er betrachtete das eine Foto genauer. „Stimmt. Die Objektivkappe ist tatsächlich meine. Sie hat vorn an der Schrift einen kleinen Riss. Eindeutig. Ich habe sie schon vermisst. Allerdings habe ich die Kappe schon Ende Mai verloren. Ich bin nämlich Fotograf. Ich komme aus Argentinien, aber das wissen Sie ja sicher, wenn Sie mich hier aufsuchen. In Berlin bin ich, weil ich an einem Reiseführer über Berlin arbeite."

„An einem Reiseführer ...", entgegnete Verena. „Und was genau haben Sie in Hellersdorf gemacht?"

„Ich glaube es war der sechsundzwanzigste Mai, ein Donnerstag. Da führte mich mein Weg nach Hellersdorf. Ich wollte an der Hauswand der Alice Salomon Hochschule ein Gedicht abfotografieren. Danach bin ich noch etwas im Bezirk herumspaziert und habe auch an anderen Stellen Fotos gemacht. Dabei muss ich die Kappe dann irgendwo verloren haben, denn am selben Abend habe ich sie schon gesucht. Aber wie gesagt, an die genaue Stelle erinnere ich mich wirklich nicht mehr. Ich war am nächsten Tag auch noch einmal in Hellersdorf, um sie zu suchen, habe sie aber nicht gefunden."

„Hm", machte Verena. Was er da sagte, klang durchaus

glaubwürdig. „Sagen Sie, kennen Sie einen Herrn Randolf Bock, Herr Kelch?“

„Tut mir leid, der Name sagt mir gar nichts.“

„Seit wann sind Sie in Deutschland, Herr Kelch, und wie lange gedenken Sie zu bleiben?“

„Ich bin vor etwas über fünf Wochen eingereist, am fünften Mai, und bleibe noch weitere drei Tage“, sagte Kelch.

Seine Aussage deckte sich mit Verenas Informationen.

„Haben Sie einen Zeugen, der bestätigen kann, was Sie gerade sagten? Oder haben Sie Fotos, an deren Datum sich ablesen lässt, wann sie gemacht wurden?“, frage Verena.

„Leider nein. Meine Kamera ist ein älteres Modell und hält noch kein Datum fest. Und beim Fotografieren war ich allein unterwegs.“

„Dann muss ich Sie leider bitten, mit Ihrer Abreise zu warten, bis unsere Untersuchungen abgeschlossen sind. Bis auf weiteres liegt ein Tatbestand der Verdächtigung vor.“

„Nehmen Sie mich jetzt etwa fest?“, fragte Kelch mit einem ängstlichen Unterton in der Stimme. Trotzdem wurde Verena das Gefühl nicht los, dass er völlig in sich ruhte.

„Nein. Ich möchte nur, dass Sie in der Stadt bleiben“, erwiderte sie.

Kelch atmete tief durch. „Mache ich. Zahlt die Polizei dann meine Spesen?“ Er schaute sie einen Tick schelmisch an.

Verenas Blick wurde ernst.

„Kleiner Scherz.“ Kelch nahm wieder seriöse Fassung an. „Natürlich bleibe ich, wenn Sie das anordnen. Ich werde sehen, ob ich das Zimmer verlängern kann. Sonst muss ich eben umziehen. Wie lange wird es denn etwa dauern?"

„Das kann ich Ihnen noch nicht sagen."

Verena stand auf. „Ich lasse Ihnen meine Karte da, falls Ihnen noch etwas zu Ihrer Entlastung einfällt. Umgekehrt werde ich mich sofort bei Ihnen melden, wenn sich die Umstände des Falles ändern."

Kelch nickte und nahm die Karte. „Ich verstehe. Danke."

Er erhob sich ebenfalls. Sie standen sich nun gegenüber und er schaute ihr völlig arglos in die Augen, ohne jede Scheu. Verena bemerkte eine kleine zartrosa Narbe über seiner rechten Augenbraue. Welch ein verdammt einnehmender Mann! Ganz sicher hatte er nichts mit der Sache zu tun. Am liebsten wäre sie ewig so stehengeblieben.

„Es tut mir leid für die Umstände, Herr Kelch", sagte sie. „Und falls Sie durch den verlängerten Aufenthalt finanzielle Probleme oder Einbußen haben sollten, lassen Sie es mich bitte wissen. Natürlich kümmere ich mich um eine Entschädigung." Noch während sie sprach, fragte sie sich, was in sie gefahren war. So etwas hatte sie noch nie zugesagt. Solch ein Versprechen gehörte sich nicht, es zog endlose Rennereien nach sich … oder diverse andere Scherereien. Aber sie war nicht nur vom Inhalt ihrer Rede überrascht. Noch mehr verblüffte sie ihre eigene Stimme, die nahezu sanft klang.

„Das ist nett von Ihnen, Frau Mayer-Galotti. Aber ich bin bereits Rentner. Den Reiseführer mache ich nur zum Spaß. Es macht mir wirklich nichts aus, einige Tage länger hier zu bleiben. Außerdem kamen meine Eltern aus Berlin. Nach dem Krieg, den sie als Juden nur durch ein Wunder überlebten, sind sie nach Argentinien ausgewandert. Es ist ganz gut für mich, einmal länger hier zu sein und auf den Spuren meiner Herkunft zu wandeln."

„Wie haben Ihre Eltern denn überlebt?", fragte Verena interessiert.

„Das weiß ich nicht. Sie haben es nie jemandem erzählt. Auch mir nicht. Und jetzt sind sie schon seit vielen Jahren tot."

Verena nickte. Sie fand, dass der Mann, der ihr gegenübersaß, höchstens wie achtundvierzig aussah. Er wirkte so sportlich und vital. Keineswegs wie ein Zweiundsechzigjähriger!

Sie schwiegen. Seine drahtigen, gepflegten Hände spielten noch immer mit der Lesebrille.

Einen Moment lang wusste Verena nicht, was sie weiter fragen sollte. Aber zum Gehen war ihr nicht zumute. Appetit hatte sie plötzlich. Ari Kelch blickte sie aufmerksam an. Sie senkte ihren Blick, etwas beschämt. Auf dem Schreibtisch lag ein Stapel Fotos, den sie mit den Fingern auffächerte, um die peinliche Pause zu überspielen.

„Sind dies die Fotos, die Sie bisher gemacht haben?", fragte sie lebhaft.

„Ja", gab Ari Kelch zurück. Aber plötzlich sprang er auf, stürzte hektisch auf den Schreibtisch zu und versuchte, die Fotos an sich zu reißen.

Doch es war zu spät. Verena hatte bereits gefunden, was er verbergen wollte: ein Foto von Randolf Bock in seiner Wohnung in der Nelly-Sachs-Straße, fotografiert von außen durchs Fenster.

Ihr Körper spannte sich. Kelch fror auf der Stelle ein. Sie durfte jetzt keinen Fehler machen. Also hatte sie mit ihrer ursprünglichen Annahme doch nicht danebengelegen. Der Mann hatte sie raffiniert getäuscht! Sie sah ihn an. Sein Gesicht schien Bedauern auszudrücken.

„Herr Kelch, ich muss Sie bitten mit aufs Revier zu kommen. Ich nehme Sie hiermit vorläufig fest aufgrund des dringenden Tatverdachts, den Mord an Randolf Bock begangen zu haben."

Sie legte ihm Handschellen an.

Kelch ließ es wortlos geschehen. Dann telefonierte Verena nach einem Streifenwagen.

8 Hinderliche Emotionen

Ari Kelch stand wie festgewachsen in der Mitte des Hotelzimmers und starrte auf die Handschellen.

„Bitte", murmelte er, „ist das nötig? Ich folge Ihnen auch so, Frau Mayer-Galotti. – Außerdem würde ich gern ein paar persönliche Dinge mitnehmen. Wenn das erlaubt ist. Ich weiß ja nicht, wie lange es dauert …"

Verena war derart verblüfft von seiner Höflichkeit, dass sie fast schwach geworden wäre. Als könne jemand, der sich ihren Namen nach einmaligem Hören korrekt merkte, kein Mörder sein. Sie rief sich innerlich zur Ordnung.

„Tut mir leid, Herr Kelch. Sagen Sie, was Sie mitnehmen wollen. Ich packe es für Sie ein."

Auch das war nicht korrekt, das wusste sie.

Er streckte seine Hände aus und hielt ihr die Lesebrille entgegen. „Wenn Sie die bitte ins Etui …"

Während sie ihn ständig aus den Augenwinkeln beobachtete, packte sie noch seine Zahnbürste, eine Strickjacke und ein Buch vom Nachttisch ein. Als sie den Titel las, schluckte sie. Es war „Humanismus als reale Utopie" von Erich Fromm. Dasselbe Buch hatte sie sich gerade von einer Freundin ausgeborgt. Es lag zu Hause auf ihrem Nachttisch. Quasi als Gegengewicht zu ihrer Arbeit las sie abends immer ein paar Seiten darin. Ja, konnte denn ein Mensch, der so etwas las … nein, sie würde sich jetzt nicht noch einmal beirren lassen. Die Verdachtsmomente waren alarmierend genug.

Verena übergab Ari Kelch an die eintreffenden Kollegen und wies sie an, ihn aufs Revier zu bringen und dort zu verwahren, bis sie eintraf. Sie würde ihn gleich heute vernehmen.

Eigentlich hätte sie dem Streifenwagen unmittelbar folgen sollen, zumindest gingen die Beamten davon aus. Aber sie fühlte sich außerstande dazu. Sie war viel zu durcheinander. In diesem Zustand konnte sie kein sachliches Verhör führen.

Sie setzte sich ins Auto, zog sofort die Schachtel aus der Tasche und fluchte augenblicklich, als sie die letzte Zigarette darin erblickte. Gierig sog sie den Rauch ein, streckte die Beine von sich und lümmelte sich so bequem wie möglich in den Fahrersitz. Dabei schaute sie geistesabwesend aus dem Fenster und überlegte. Kelch musste schuldig sein. Oder? Wie kamen sonst die Fotos des Opfers in sein Zimmer? Und er war bei dessen Wohnung gewesen, das konnte er nicht leugnen. Warum hatte der Mann sie angelogen? Er musste zumindest etwas wissen. Und warum, verdammt noch mal, war er ihr so unglaublich sympathisch? Verliebte sie sich jetzt schon in Mörder? War sie verrückt geworden?

Insgeheim wünschte sie sich, dass die Speichelprobe von Paul Kamm diesen als Mörder überführte. Doch als ihr Handy klingelte und sich Haase am anderen Ende der Leitung meldete, schämte sie sich dieses Wunsches.

„Die Proben von Paul Kamm sind negativ. Er war es also nicht, der mit Bock vor dessen Tod gekämpft hat“, teilte Haase ihr mit. „Aber ich habe gerade von deiner aktuellen Festnahme gehört! Ist doch ein toller Erfolg. Glückwunsch!", schob er hinterher.

„Danke", entgegnete sie unwirsch. „Und? Hast du Kamm nochmal verhört? Hat er was erzählt?"

„Nun ja. Ich habe ihn verhört. Nicht gerade ein gesprächiger Typ, kann ich dir sagen. Ich musste ihm alles aus der Nase ziehen."

„Hat er ein Alibi?"

„Er sagt, er sei zur Tatzeit in einer Dönerbude gewesen. Die Adresse habe ich."

„Gibt es Zeugen?"

„Er weiß es nicht. Freunde jedenfalls keine. Man müsste hinfahren und rumfragen."

„Hast du über diese Freundin was rausbekommen?"

„Ja. Eine Table-Dancerin namens Linda. Der Name scheint allerdings nur ein Pseudonym zu sein. Kamm sagt, sie tingelt als Tänzerin in ganz Deutschland umher. Früher hatte sie immer einen festen Samstagstermin in der Berliner Bar Iris. Das ist die Bar, die er und Bock zusammen besucht hatten, bis sie um die Gunst von Linda konkurrierten. Den Kampf hat Bock wohl gewonnen."

„Er weiß nicht, wo sie jetzt ist?"

„Nein. Er scheint ziemlich sauer auf sie zu sein, weil sie ihn sitzen lassen hat. Er meinte, Linda besuchte Bock auch privat, in seiner Wohnung. Kamm war schrecklich eifersüchtig und versuchte, ihr weiterhin nachzustellen. Sie zurück zu kriegen. Einmal hat er sogar versucht, sie als Tänzerin zu buchen. Da muss es dann zur Eskalation gekommen sein. Kamm und Bock hatten einen furchtbaren Streit, haben sich geprügelt und dann überworfen. So zumindest seine Version. Aber seit Bocks Tod hat er die Tänzerin nicht mehr gesehen."

„Seit Bocks Tod?", hakte Verena sofort nach. „Seit wann genau?"

„Das Datum?"

„Ja, natürlich das Datum!"

„Weiß ich nicht, danach habe ich ihn nicht gefragt."

Verena wollte sich erkundigen, was ihr junger Kollege eigentlich in der Polizeischule gelernt hätte, aber schon bei dem Gedanken merkte sie, dass sie ihm Unrecht tat, und schwieg. Das Handy immer noch am Ohr, griff sie nach ihrem Portmonee, steckte es in die Jackentasche und stieg aus dem Auto. Ohne Zigaretten ging jetzt gar nichts mehr.

„Er hat versucht, sie über ihre Webseite zu kontaktieren", fuhr Haase fort. „Aber sie hat nicht reagiert. Die Webseite heißt: www.linda-tanzt.de."

„Gut, die kann man überprüfen", meinte Verena. „Du hast keinen Nachnamen von dieser Linda erfahren?"

„Den scheint Kamm nicht zu kennen. Aber sag mal", wandte Haase ein, „müssen wir das Alibi von Kamm und den Verbleib von Linda denn überhaupt noch prüfen? Wenn du den Schuldigen gerade verhaftet hast, wozu dann noch der Aufwand?"

„Wir wissen noch nicht, ob es Kelch war!", stieß Verena energisch hervor. „Prüf du das Alibi von Kamm! Ich kümmere mich um Linda."

„Gut."

„Und: Danke, André. Gute Arbeit. Bis nachher."

Erleichtert betrat Verena das Hotel, vor dem sie schon eine ganze Weile stand, um sich neue Zigaretten zu kaufen.

Der Mann an der Rezeption beäugte sie misstrauisch, als wolle sie gleich wieder jemanden verhaften. Er schien geradezu beruhigt, als sie nach Zigaretten fragte. „Sagen Sie“, meinte Verena, „ist Ihnen an Herrn Ari Kelch irgendetwas Besonderes aufgefallen? In letzter Zeit?“

Der Mann funkelte sie böse an. „Wie können Sie solch einen netten Menschen festnehmen! Ich bin wirklich entsetzt! So ein feiner Herr. Wenn all unsere Gäste so höflich und zuvorkommend wären, würde ich meine Arbeit ohne Bezahlung machen, wenn Sie es genau wissen wollen! Ich sage Ihnen, da liegen Sie völlig falsch! Ich weiß zwar nicht, was Sie ihm vorwerfen, aber dieser Mann hat ganz bestimmt nichts verbrochen.“

Ich hoffe es auch, dachte Verena. Laut sagte sie: „Am Sonntag, am fünften Juni, wissen Sie noch, wann Herr Kelch da aus seinem Zimmer kam, um zu frühstücken?“

Der Rezeptionist überlegte. „Hier ist immer so viel los. Warten Sie.“ Er blätterte in einem Kalender, der vor ihm auf dem Tresen lag. „Ja klar! Das war doch der Tag, an dem er zu spät kam. Wir waren schon dabei, alles abzuräumen. Frühstück gibt es bei uns nämlich nur bis um elf. Das ist sonntags schon länger als sonst. Er bekam nichts mehr und ging sich etwas holen.“

„Ach. Sie meinen, er ging außerhalb etwas einkaufen?“

„Das vermute ich. Er ging jedenfalls.“

„Und haben Sie ihn gesehen, als er wiederkam?“

„Ich überwache doch meine Gäste nicht, hören Sie mal! Nein, ich kann mich nicht erinnern."

„Schon gut. Sagen Sie, Besuch hatte er keinen an diesem Tag?"

„Er hatte noch nie Besuch, seit er hier wohnt."

„Ich danke Ihnen."

Wie in Trance fuhr Verena aufs Revier und machte sich daran, die Website von Linda zu überprüfen. Bilder einer erotisch gekleideten, trainierten, jungen Frau mit Sonnenbrille waren zu sehen, die ihre Dienste als Table-Dancerin anbot. Man konnte sie für private Auftritte buchen. Sowohl per Handy als auch per E-Mail. Verena versuchte die Nummer anzurufen, aber es hob niemand ab.

Ihr blieb nichts übrig, als die Telefonnummer und die Website zur Überprüfung an die entsprechenden Abteilungen zu übergeben. Sie hoffte inständig, dass sich eine Adresse ausloten ließ, wenngleich sie noch nicht genau wusste, wozu. Haase hatte Recht. Wenn der Schuldige hier auf dem Revier in Gewahrsam saß, warum dann noch Linda suchen? Ungeduldig wartete sie auf das Ergebnis der Adressüberprüfung. Die schwierigste Aufgabe des Tages, das wusste sie, stand ihr noch bevor – das Verhör von Ari Kelch.

Haase gesellte sich zu ihr. Er schien abgehetzt zu sein.

„Das Alibi von Kamm ist dicht, Verena. Ich war gerade da. Zwei Mitarbeiter in seiner Stammdönerbude bestätigen, dass er am fünften Juni da war. Er kam, als sie öffneten, kurz nach elf Uhr und ist nicht vor vierzehn Uhr gegangen, da sind sie sicher. Und bei dir? Hast du schon Ari Kelch verhört?“

In diesem Moment überreichte ihr eine Kollegin das Ergebnis der Adressüberprüfung.

„Nein! Das gibt es nicht!“, entfuhr es Verena. „Die Domäne dieser Tänzerin ist auf den Namen Martha Maaßen registriert. Und weißt du, wo Frau Maaßen im Mai einen Wohnsitz angemeldet hat? In Hellersdorf! Nur zwei Straßen von Bock entfernt!“

„Aber das kann doch Zufall ...“

„An solche Zufälle glaube ich nicht. Ich fahre da jetzt hin. Willst du mitkommen?“

„Aber du musst doch Kelch verhören!“, wandte Haase ein.

Sie versuchte, seinen verständnislosen Blick an sich abgleiten zu lassen. Wie sollte sie ihm erklären, dass sie es machen musste, weil sie verzweifelt nach einer Entlastung für Ari Kelch suchte? Weil sie hoffte, zusätzliche Anhaltspunkte zu gewinnen?

„Okay“, gab Haase nach. „Wie du meinst. Dann komme ich mit.“

9 Die zwielichtige Tänzerin

Wieder führte der Weg Verena in den Außenbezirk am östlichen Rand Berlins - eine Gegend, die sie seit der Wende nur noch selten aufgesucht hatte. Haase saß neben ihr im Auto und schwieg verbissen, während ihm Verenas Tabakwolken um die Nase zogen.

„Tschuldigung", murmelte Verena, als es ihr auffiel, und kurbelte die Scheibe herunter.

Sie fuhren durch große, sonnendurchflutete Straßen, durch die eine warme Nachmittagsbriese fegte.

Als sie ausstiegen, atmete Verena auf. Der gigantische blaue Himmel tat ihr gut. Diese Weite. So viel Himmel gab es in der Innenstadt nicht zu sehen. Die sanierten Plattenbauten wirkten äußerlich frisch und farbenfroh, sie leuchteten geradezu in der Sonne.

Als sie und Haase allerdings das Haus Martha Maaßens betraten, war Verena zumute, als bekäme sie plötzlich zu wenig Luft. In diesem Haus wohnte genau dieselbe Enge und menschenverachtende Hässlichkeit wie in der Schule und im Haus ihrer Kindheit … Sie musste an ihre Eltern denken, an die Zeit, als sie in einen Ostberliner Neubau in Marzahn gezogen waren, nach dem Wohnungsbauprogramm Ende der Siebziger. Wie stolz ihre Mutter gewesen war! Ein Bad! Eine Zentralheizung! Keine Kohlen mehr schleppen, kein Außenklo mehr, und sogar ein Fahrstuhl. Verena dagegen hatte die frühere Altbauwohnung geliebt, die hohen Decken, den Stuck und die Kachelöfen. Und als sie mit neunzehn aus der engen Neubauwohnung ausgezogen war, hatte sie die Atmosphäre ihres ersten WG-Zimmers, welches natürlich Teil einer Altbauwohnung gewesen war, wie ein Schwamm in sich aufgesogen. Die Ruhe der dicken Wände. Die Geschichte, die solch ein über hundertjähriges Haus ausstrahlte! Heute, das Hotel von Ari Kelch, war auch ein Altbau gewesen. Sein Zimmer hatte sogar Stuck gehabt. Reliefs von Gesichtern an der Decke und in der Mitte Weinreben. Fotoapparate, Bilder, Bücher. Ein belesener Mann. Ein sympathisches Zimmer. Geschmackvoll eingerichtet, schlicht und warm. So wie er ... als sie ihn festgenommen hatte ... Er war doch völlig gelassen geblieben, höchstens ein bisschen überrascht. Konnte man daraus nicht schließen, dass er nichts befürchtete, weil er unschuldig war?

„Verena? Geht's dir nicht gut? Du siehst so blass aus!", erkundigte sich Haase besorgt.

„Nein, nein, alles in Ordnung!"

Sie klingelte an der Tür mit dem Namensschild „Maaßen".

Nichts regte sich.

Verena klopfte noch einmal.

„Frau Maaßen?", rief sie durch die Tür. „Hier ist die Kriminalpolizei. Wir möchten Ihnen ein paar Fragen stellen. Bitte machen Sie auf!"

Das Licht im Flur der Wohnung ging an.

Der Schlüssel im Schloss drehte sich.

Martha alias Linda öffnete die Tür.

Im Gegensatz zu den Erwartungen der beiden Kriminalbeamten sah die junge Frau erstaunlich seriös und konservativ aus. Sie hatte blonde lange Haare, trug einen schwarzen Rock, ein weißes T-Shirt und ein schwarzes Jackett, als ob sie einem Bürojob nachgehen würde.

„Frau Maaßen?"

„Richtig. Womit kann ich Ihnen helfen?"

Verena meinte in der Stimme einen Akzent zu hören. Osteuropäisch oder baltisch.

„Dürfen wir kurz hereinkommen? Wir hätten ein paar Fragen an Sie im Zusammenhang mit dem Mord an Randolf Bock."

„Mord?", fragte die junge Frau regungslos.

„Wir gehen davon aus, dass Randolf Bock am fünften Juni gegen zwölf Uhr mittags ermordet wurde, ja. Und uns liegen Informationen vor, dass Sie mit ihm bekannt waren. Stimmt das?"

„Ja." Die Stimme der jungen Frau klang teilnahmslos, fast gelangweilt.

Verena warf einen raschen Blick zu Haase. Auch er wirkte irritiert. Martha Maaßen öffnete die Tür und ließ die beiden eintreten.

Es war eine Einzimmerwohnung, eng aber hell. Auf der Schlafcouch im Wohnzimmer, die zu einem Bett ausgezogen war, befand sich ein geöffneter Koffer. In ihm und um ihn herum lagen verschiedene gebügelte, zusammengefaltete Kleidungsstücke. Offenbar war Frau Maaßen gerade dabei zu packen.

„Sie verreisen?", fragte Verena.

„Ja, ich ziehe um. Ich habe einen Job in Paris angenommen."

„Als Tänzerin?"

Martha Maaßen schaute Verena geringschätzig an.

„Nein. Als Stewardess bei der Air France." In ihrer Stimme klang leiser Spott. Dann wies sie mit der Hand auf einen kleinen Esszimmertisch mit vier Stühlen und forderte Verena und ihren Kollegen auf sich zu setzen.

Die beiden nahmen Platz. Auch Martha Maaßen setzte sich an den Tisch. Erst jetzt fiel Verena auf, wie attraktiv diese Frau war. Kein Wunder, dass die Männer sich um sie prügelten. Faszinierend war vor allem die Kombination aus auffallend weiblichen Formen, drahtigen Muskeln und einem selbstsicheren, fast provozierend stolzen Auftreten. Dazu kam ein Blick, der Verena überaus irritierte, bis sie feststellte, dass es an den Augen lag. War doch eines blau und das andere braun. Iris-Heterochromie, schoss es ihr durch den Kopf. Das war ausgesprochen selten bei Menschen. Verena wusste nur von einem, der ebenfalls zwei verschiedene Augenfarben hatte, und das war die Pop-Ikone David Bowie.

„Ist es richtig, dass Sie in Berlin in der Iris-Bar als Table-Dancerin gearbeitet haben?", fragte Haase ungläubig.

„Das stimmt. Aber ich habe ganz regulär meine Abgaben bezahlt. Gibt es ein Problem?"

„Nein, kein Problem. Nur Verwunderung", erwiderte Haase.

Er lächelte Frau Maaßen an, aber sie reagierte nicht darauf.

An der kann man sich gut die Zähne ausbeißen, dachte Verena. Laut fragte sie: „Ist es wahr, dass Sie mit Randolf Bock eine Beziehung hatten?"

Die junge Frau hob vielsagend die Augenbrauen. „Nun, eine Beziehung würde ich das nicht nennen. Aber ich kannte ihn natürlich."

„Inwiefern?"

„Sexuell."

„Und das ist alles?"

„Ja."

„Wussten Sie bereits, dass Randolf Bock tot ist, Frau Maaßen?"

„Ja. Ich habe es aus den Nachrichten erfahren. Da hieß es allerdings, er sei verunglückt. Dass es Mord war, wurde nicht gesagt. Wie ist er denn zu Tode gekommen? Wissen Sie schon, wer der Mörder ist?"

„Die Ermittlungen laufen", erwiderte Verena kurz angebunden. „Warum haben Sie keinen Kontakt zur Polizei gesucht?"

„Warum hätte ich das tun sollen?", fragte die junge Frau erstaunt.

„Um zur Aufklärung beizutragen. Wir haben Sie gesucht."

„Aber ich kann nichts zur Aufklärung beitragen", antwortete Martha Maaßen ruhig. „Wir kannten uns ja kaum. Wir haben uns nichts Privates erzählt. Unsere Treffen hatten nur einen Zweck. Und dass Sie mich suchten – woher sollte ich das wissen?"

„Hat er Ihnen nie von Schwierigkeiten erzählt? Von

Konflikten? Kollegen? Oder vom Kaufangebot eines Bildes aus Argentinien?“

Bei dem Wort Argentinien schien die junge Frau einen Augenblick zu zögern. Doch dann sagte sie klar und deutlich: „Nein.“

„Kennen Sie einen Paul Kamm?“

„Wer soll das sein?“

„Ein Kollege Bocks, der Ihnen nach eigenen Aussagen sehr zugetan war und mit Bock um Sie konkurrierte.“

Frau Maaßen lächelte. „Ach der, ja. Ist das der, der so schrecklich berlinert?“

Verena nickte.

„Ich erinnere mich. Er hat mich nicht interessiert.“

„Frau Maaßen, wo waren Sie am fünften Juni?“

Angesichts der männlichen Fremd-DNA-Spuren am Opfer stand Martha Maaßen zwar nicht unter Verdacht, aber Verena wollte es trotzdem wissen. Sie konnte zumindest eine Komplizin sein. Diese Frau war ihr unheimlich. So kalt, glatt, geradezu gefühllos erschien sie ihr. Vielleicht lag es auch an den Augen, die sie mehr und mehr irritierten.

„Ich war in Frankreich zu meinem Vorstellungsgespräch bei der Airline.“

Sie drehte sich um und ging zu ihrer Handtasche auf dem Bett, in der sie ein paar Papiere durchwühlte. Sie zog einen Umschlag hervor und entnahm ihm einen Zettel.

„Bitteschön.“

Sie reichte Verena das Stück Papier. Es war die Quittung für einen gebuchten Hin- und Rückflug nach Paris am fünften Juni. Perfekter konnte ein Alibi nicht sein.

Verena gab die Quittung an Haase weiter, dabei tauschten sie einen ratlosen Blick.

„Haben Sie die Tickets noch?“, fragte Haase.

„Heben Sie gebrauchte Tickets auf? Es ist ein Wunder, dass die Quittung noch da war“, entgegnete Martha Maaßen trocken.

Dafür hattest du sie aber auffallend schnell zur Hand, dachte Verena.

Aus der Frau war nichts herauszubekommen. Etwas stimmte nicht mit ihr, da war Verena sich sicher, aber es war unmöglich, sie wegen irgendetwas zu belangen.

„Noch eine Frage, Frau Maaßen. Dann lassen wir Sie auch schon in Ruhe. Wo haben Sie gewohnt, bevor Sie nach Hellersdorf gezogen sind? Darüber gibt es keine Aufzeichnungen.“

„In Slowenien. Da komme ich her.“

Verena nickte.

„Würden Sie uns eine Kontaktadresse hinterlassen, falls wir noch Nachfragen haben?“

„Die Handynummer, die Sie haben, ist noch eine Weile gültig. Ich werde mich zukünftig melden, falls Sie anrufen. Ich hatte nur nicht zurückgerufen, weil ich dachte, es ginge um eine Buchung als Tänzerin. Aber ich nehme keine Aufträge mehr an.“

„Dann wünschen wir Ihnen vorerst alles Gute in Ihrem neuen Job“, sagte Verena, stand auf und reichte Martha Maaßen zum Abschied die Hand.

Diese nahm die Hand aber nicht. Sie erhob sich, ging zur Tür, öffnete sie und nickte Verena und Haase zum Abschied nur kurz zu.

Auf der Straße angekommen, räusperte sich Haase und meinte: „Donnerwetter. So heiß wie sie ist, so kalt ist sie auch."

Verena atmete tief durch. Ihr Ziel, eine Entlastung für Ari Kelch zu finden, hatte sie eindeutig verfehlt.

Wieder im Büro, ging sie auf ihre Pinnwand zu. Von den dort angeschlagenen Namen „Affe“, „Zöllner“, „Kamm“, „Bessi“, „Kelch“ und „Freundin, unbekannt“ entfernte sie drei. Frau Zöllner, Paul Kamm und Martha Maaßen waren keine Verdächtigen mehr. Es blieben nur noch der „Affe“, Ari Kelch und Konrad Bessi übrig. Bisher lagen gegen niemanden so harte Beweise vor wie gegen Kelch. Sie musste sich ihn vornehmen, und sie hatte nicht die geringste Lust dazu. Wäre Dennis jetzt da, dann könnte sie ihn vorschicken, aber mit Haase konnte sie das nicht machen.

Sie würde Kelch fragen, warum er gelogen hatte. Die Tatzeit checken. Ihn in die Enge treiben. Hoffentlich war er nicht wieder so schrecklich charmant. Sie musste herausfinden, warum er wirklich nach Berlin gekommen war. Das mit dem Reiseführer war natürlich ein Witz. Hatte er Familie? Eine Frau? Eine Freundin?

Schließlich griff sie zu dem einzigen Strohhalm, der ihr noch einfiel. Sie nahm das Telefon und wählte.

„Zöllner?“

„Guten Tag Frau Zöllner, hier ist Verena Mayer-Galotti von der Kriminal …“

„Ach, das freut mich, guten Tag Frau Mayer! Haben Sie den Mörder gefunden?“

„Nein, ich möchte …“

„Nein? Dann haben Sie sicher noch Fragen an mich?

Ich komme gern vorbei, muss Ihnen aber sagen, dass mir bis jetzt leider nichts Neues eingefallen ist."

„Frau Zöllner, es geht um das Phantombild des Mannes, den Sie in Begleitung des Opfers gesehen haben."

„Sie meinen den, der wie ein Affe aussah?"

„Ja."

„Schön, dass Sie sich besonnen haben. Ich hatte ja diesen Vorschlag mit dem Phantombild gleich bei unserer ersten Begegnung gemacht, nicht wahr?"

Verena unterdrückte einen Wutimpuls. „Meinen Sie, dass Sie sich noch genug erinnern, um es mit meiner Hilfe erstellen zu können?"

„Junge Frau, ich war Lehrerin, und als Lehrerin …"

„Ja, ich weiß. Sie sind Gesichtsexpertin. Könnten Sie sofort kommen, Frau Zöllner?"

„Selbstverständlich, wenn ich damit der Wahrheitsfindung diene. Ich kenne meine Pflicht. Ich bin allerdings gerade dabei, mir ein spätes Stück Kuchen zu gönnen, da ich heute Nachmittag einen Friseurtermin …"

„Essen Sie nur den Kuchen in Ruhe auf, Frau Zöllner, und danach kommen Sie bitte her. Soll ich Ihnen ein Auto vorbeischicken?"

„Aber nein, auf gar keinen Fall. Ich bin noch rüstig genug, um den Weg selbst zu finden. Ist es die Adresse auf der Karte, die Sie mir gegeben haben?"

„Ja, Sie finden mich im ersten Stock. Zimmer 127. Ich danke Ihnen."

„Aber gern. Bis gleich, Frau Mayer."

„Bis gleich."

Schon eine Stunde später hatte der Affe ein Gesicht. Es war, wie Verena befürchtet hatte, nicht besonders glaubwürdig. Während der Aufzeichnung, der sie beigewohnt hatte, hatte sie immer wieder nachgefragt: „Sind Sie auch ganz sicher, Frau Zöllner?"

„Ja, ja, ich weiß doch, was ich gesehen habe", hatte die Alte hartnäckig beteuert.

Es war ein absurdes Gesicht. Wenn dieser Mann nicht nur Frau Zöllners Phantasie entsprungen war, wenn es ihn tatsächlich gab, und wenn er tatsächlich so aussah – geradezu die Karikatur eines Neandertalers mit Elvis-Schmachtlocke – dann musste ihn auf jeden Fall irgendjemand wiedererkennen. Es war kaum zu glauben, dass sich die Hotelmitarbeiter nicht an ein so auffälliges Gesicht hatten erinnern können … Eines stand jedenfalls fest: Mit Ari Kelch hatte dieses Bild nicht die geringste Ähnlichkeit!

Verena wurde Frau Zöllner nur schwer wieder los. Sie musste sich mit aller ihr zur Verfügung stehenden Geduld noch eine Viertelstunde lang von den Erfolgen ihres glorreichen Berufslebens erzählen lassen, die, würden sie der Wahrheit entsprechen, Generationen von lebenstüchtigen, fleißigen, freundlichen und moralisch hochwertigen Schülern in die Welt hatten strömen lassen.

Als sie endlich wieder allein war, schrieb sie rasch einen entsprechenden Kurztext und verteilte diesen samt Phantombild an die üblichen Zeitungsredaktionen. Am liebsten wäre sie mit dem Bild auf der Stelle noch einmal zum Hotel gefahren, aber ein Blick zur Uhr erinnerte sie daran, dass eine andere Aufgabe auf sie wartete. Eine, die unmöglich noch länger aufzuschieben war.

Schließlich war es kurz vor sieben Uhr abends, als Verena sich endlich dazu durchrang, Ari Kelch aus seiner Verwahrung holen zu lassen, wo sie ihn fast den ganzen Tag über hatte ausharren lassen.

Der Kollege, der auf ihn aufgepasst hatte, schaute sie missmutig an.

„Tut mir leid, dass es so lange gedauert hat“, entschuldigte sich Verena. „Sie können jetzt gehen.“

Dann wandte sie sich Ari Kelch zu.

„Würden Sie bitte mitkommen?“

Kelch nickte müde.

Zusammen schritten sie in ein benachbartes Büro, dessen spärliche Inneneinrichtung, bestehend aus einem Tisch und zwei Stühlen, unschwer darauf schließen ließ, was hier in der Regel stattfand.

Verena deutete Ari Kelch an, sich zu setzen und zog ein kleines Aufnahmegerät aus der Tasche. Langsam legte sie es auf den Tisch und schaute verlegen auf Kelch herab. Dann sagte sie zu sich selbst, dass er nur sehen konnte, was sie ihm zeigte und nur hören konnte, was sie ihm sagte. Er konnte keine Gedanken lesen. Er konnte nicht wissen, dass sie sich zu ihm hingezogen fühlte.

Sie setzte eine möglichst kühle Maske auf und nahm ihm gegenüber Platz.

„Gut, Herr Kelch. Fangen wir an“, begann sie. „Ich sage Ihnen jetzt gerade heraus, was Sache ist. Sie sind aufgrund der Fotos, die ich bei Ihnen gefunden habe, und die den ermordeten Randolf Bock in seiner Wohnung zeigen, möglicherweise der Letzte, der ihn lebendig gesehen hat. Das macht Sie zum Hauptverdächtigen. Sie haben natürlich das Recht, einen Anwalt zu diesem Verhör hinzuzuziehen. Möchten Sie davon Gebrauch machen?"

„Nein", antwortete Kelch ruhig und schüttelte den Kopf. „Ich habe Randolf Bock nicht ermordet. Ich bin unschuldig."

Verena nickte.

„Das sagen alle, nicht wahr?", hakte Kelch nach.

„Ja, natürlich. Jedenfalls die meisten."

„Nur, dass es bei mir stimmt. Deswegen befürchte ich auch nichts. Sie können gern eine DNA-Probe von mir entnehmen, falls ich Ihnen damit nützlich sein kann."

Er sah müde aus. Verena erkundigte sich, ob er während des Tages zu essen und zu trinken bekommen hatte, was Kelch bejahte.

„Die DNA-Probe machen wir gleich morgen früh", sagte sie. „Das Problem ist nur, Herr Kelch, dass es unabhängig davon diese Fotos gibt. Warum haben Sie das Opfer fotografiert? Das müssen Sie mir erklären. Wenn Sie diesbezüglich nichts zu Ihrer Entlastung vorweisen können, bin ich tatsächlich gezwungen, die Staatsanwaltschaft zu verständigen und Sie in Untersuchungshaft zu nehmen."

„Verstehe." Kelch atmete tief durch und schien zu überlegen. „Okay, Sie haben Recht. Ich sage Ihnen, was ich weiß. Ich hatte den Auftrag, Randolf Bock zu überprüfen. Ich bin Privatdetektiv.“ Er zog einen Ausweis aus der Hosentasche und reichte ihn Verena.

Verena begutachtete ihn eingehend. Der Ausweis war auf Kelchs Namen ausgestellt und wies ihn als Detektiv aus, soviel konnte sie trotz der spanischen Sprache verstehen. Sie wünschte sich, dieser Ausweis möge echt sein.

„Erzählen Sie mir mehr darüber. Wie kam der Auftrag zustande? Was wissen Sie über die Hintergründe? Wer ist Ihr Auftraggeber?“

Kelch sah sie kurz an. Er schien seine Worte mit Bedacht zu wählen: „Ich kann Ihnen den Namen meines Auftraggebers leider nicht verraten, Frau Mayer-Galotti. Das unterliegt meiner Verschwiegenheitspflicht. Ich kann Ihnen lediglich mitteilen, dass mir mein Auftraggeber gesagt hat, das Opfer wolle etwas von ihm kaufen. Was, weiß ich nicht. Aber um eine Kleinigkeit kann es sich nicht gehandelt haben. Mein Auftraggeber hätte sonst wohl nicht solch einen Aufwand betrieben. Er wollte durch mich in Erfahrung bringen, wo der Käufer herstammte, ob er vertrauenswürdig war und in welcher finanziellen Lage er sich befand. Ich forschte also Randolf Bock aus und stellte eine Mappe über ihn zusammen.“

„Was ist mit dieser Mappe geschehen?“, hakte Verena ein.

„Die sandte ich bereits am ersten Juni nach Argentinien. Also kann ich wohl unmöglich der Letzte gewesen sein, der das Opfer lebendig sah.“

„Nach Argentinien?“, fragte Verena. Sofort stieg ihr das illustre Kaufangebot des Van-Gogh-Bildes über drei

Millionen Dollar in den Kopf. „Ihr Auftraggeber ist Argentinier?“

Ari Kelch schwieg.

„Konrad Bessi!“, stieß sie hervor.

Ari Kelch zuckte zusammen.

„Das ist Ihr Auftraggeber, nicht wahr?“

„Das darf ich Ihnen unter keinen Umständen sagen. Wenn ich die Identität meines Auftraggebers preisgebe, bekomme ich mein Honorar nicht.“

„Und wenn Sie es nicht tun, kommen Sie in Untersuchungshaft. So ist das leider. Herr Kelch, ich kann Sie nur freilassen, wenn sich die tatverdächtigen Beweise gegen Sie widerlegen lassen. Das ist Ihnen doch klar?“

Wieder verfiel ihr Gegenüber in Schweigen. Man sah ihm deutlich an, wie unwohl ihm zumute war. Verena überlegte, ob das daran lag, dass sie mit dem Namen seines Auftraggebers ins Schwarze getroffen hatte. Vielleicht war es aber auch ganz anders? Vielleicht hatte Kelch überhaupt nichts mit Konrad Bessi zu tun? Vielleicht grübelte er darüber nach, ob es jemanden gab, der ihm einen Mord anhängen wollte? Verena suchte nach der nächsten Frage, mit der sie ihn aus der Reserve locken wollte, und betrachtete Kelch dabei aus den Augenwinkeln.

Er saß da und rührte sich nicht. Seine Hände lagen im Schoß. Er schien intensiv zu überlegen.

Es kommt nur darauf an, dachte Verena, wer von uns beiden den längeren Atem hat. Gut, was Verhöre betrifft, habe ich vermutlich das bessere Training. Mein längstes hat fünfundvierzig Stunden gedauert. Zufrieden registrierte sie, dass ihr Geist sich trotz Kelchs Anwesenheit klärte, sie den richtigen inneren Abstand fand und sich endlich wieder so professionell fühlte, wie in jeder anderen Verhörsituation auch. Jetzt musste nur noch die richtige Frage her.

Plötzlich sah Ari Kelch ihr voll ins Gesicht und sagte: „Also gut. Rufen Sie die Staatsanwaltschaft an und bringen Sie mich in Untersuchungshaft."

Er schien geradezu amüsiert, als Verena ihn völlig verblüfft anstarrte. Ihr Kehlkopf vibrierte leicht, und ihre schwarzen Locken hüpften im Takt empörter Schritte, als sie den Raum verließ, um zu tun, wozu er sie zwang.

In der folgenden Nacht träumte Verena von Ari Kelch, der merkwürdigerweise wie ihr Vater aussah. Es war ein angenehmer Traum, in dem er ihr den Stuhl zurechtrückte und ihr, weil sie fror, eine feine, bunte Wolldecke um die Schultern legte, wobei er sie lange ansah. Er hatte blaue Augen. Hatte ihr Vater blaue Augen gehabt? Waren die Augen von Ari wirklich blau? Das Ärgerliche an diesem Traum war nur, dass er die ganze Zeit im Verhörraum spielte und weder sie noch Ari den Raum verlassen durften, was eine beklemmende Atmosphäre erzeugte …

11 Der geheimnisvolle Fremde

Martin und Konrad schlenderten durch die Straßen von El Bolson. Es war schönes Wetter, und für den fünfzehnten Juni, im gerade begonnenen Winter der Südhalbkugel, ungewöhnlich mild.

Mehrere der kleinen Kunstgalerien hatten geöffnet und verführten Martin und Konrad zu einem Besuch.

Im Schaufenster einer solchen Galerie hing ein Landschaftsbild von Patagonien, das Martin interessierte. Als er sich dem Bild näherte und nach dem Namen des Künstlers Ausschau hielt, stieß er einen Ruf der Empörung aus.

„A. Hitler? Sind denn jetzt alle verrückt geworden? Soll das ein Verkaufstrick sein?"

„Ich sag's dir! Daran ist nur dieser Abel Basti schuld", entgegnete Konrad. „Genau wie an den Touristen vor meinem Haus. Los, wir schauen mal, was der Galerist dazu zu sagen hat! Da bin ich mal gespannt!"

Sie gingen in die Ausstellungsräume hinein. Eine junge Galeristin saß in einer Ecke an einem ausladenden Glasschreibtisch. Sie trug eine getönte Brille, ein enganliegendes, langes Kleid und hatte die Ausstrahlung einer etwas frühreifen Intellektuellen.

Konrad trat auf sie zu.

„Sagen Sie mal, junge Frau, wollen Sie die Kunden veralbern, wenn Sie ein Bild ins Schaufenster hängen, das Sie A. Hitler zuschreiben?"

Die Galeristin sah ihn völlig ruhig an. „Nein, das wollen wir natürlich nicht. Das Bild ist ganz sicher von ihm. Er hat bis zu seinem Tod 1964 in Patagonien gelebt."

„Das ist nicht Ihr Ernst!", erwiderte Konrad empört. „Haben Sie zu viel Abel Basti gelesen? Das ist doch Irrsinn!"

Er konnte es nicht fassen. Er verstand zwar, dass seine Landsleute Geld verdienen wollten, aber selbst dabei gab es für seinen Geschmack doch Grenzen.

Doch die junge Frau blieb gänzlich gelassen. Vermutlich war es nicht das erste Mal, dass sie auf dieses Thema angesprochen wurde.

„Nein, das ist kein Irrsinn", sagte sie. „Und ja, ich habe Abel Basti gelesen. Und glaube ihm. Er hat über fünfzehn Jahre Beweise gesammelt. Und einen Beweis habe ich ja selbst aufgetrieben – dieses Bild."

„Sie sagen das, als ob es das Normalste der Welt sei", mischte Martin sich ein.

„Oh, das ist es ganz sicher nicht", konterte die Galeristin. „Wir reden hier vom bestgehüteten Geheimnis des 20. Jahrhunderts. Aber bald werden es alle wissen. Ich erzähle es jedem, der meinen Laden betritt. Ich will, dass die Welt lernt, dass sie phänomenal betrogen wurde."

„Welche Beweise gibt es denn angeblich?", fragte Martin entrüstet.

Auf diese Frage schien die Galeristin nur gewartet zu haben. Mit wichtiger Miene begann sie zu referieren: „Eine Menge. Zum Beispiel gehörten die Schädelüberreste der angeblichen Leiche Hitlers, einer wissenschaftlichen

Analyse aus dem letzten Jahr zufolge, einer jungen Frau. Außerdem hatte der Bunker Hitlers zwei Fluchtwege. Und: In Patagonien wurde ihm bereits während des Krieges eine Ranch gebaut. Niemand …“

„Aber …“, versuchte Martin sie vergeblich zu unterbrechen.

„Niemand hat ihn sterben sehen. Und was Sie wahrscheinlich auch nicht wissen: Hitler hatte einen Doppelgänger. Für den war wahrscheinlich die Skelettprothese seines Gebisses gedacht, die Hitler von seinem Zahnarzt hatte anfertigen lassen. Und haben Sie schon davon gehört, dass Stalin Hitler bis zu seinem Tod in Südamerika suchen lassen hat? Außerdem gibt es verschiedene Augenzeugen. Die natürlich für verrückt erklärt wurden. Aber sie waren es nicht!“

Martin und Konrad sahen sich vielsagend an. Die junge Frau hatte sich gut auf derartige Fragen vorbereitet, das war nicht zu leugnen.

„Und fragen Sie sich doch mal selbst!“, schob sie hinterher. „Meinen Sie wirklich, dass Tausende Kriegsverbrecher in Argentinien aufgenommen wurden und die Nummer Eins nicht? Meinen Sie wirklich, dass diese Nummer Eins mit einem Kopfschuss im Bunker zurückgelassen wurde, während seine Anhänger hier ein neues Leben begannen? Wenn …“

„Das glaube ich, ja“, schnitt Martin ihr das Wort ab. „Und ich glaube auch, dass der Maler des Bildes in Ihrem Schaufenster verrückt ist. Genau wie dieser deutsche Fälscher der Hitler-Tagebücher!“

Die Galeristin lächelte nur. „Und ich sage Ihnen: Das Bild ist von Hitler!“

„Und ich sage Ihnen: Wir gehen jetzt!“, erwiderte Konrad wütend und zog Martin, der der Galeristin zuletzt gebannt zugehört hatte, am Arm zur Tür hinaus.

Eine Weile gingen Konrad und Martin schweigend nebeneinander her. Martin starrte grimmig vor sich hin. Man sah ihm an, dass er sich ziemlich aufgeregt hatte.

„Da wolltest du mich nun auf andere Gedanken bringen, Querido“, meinte Konrad schließlich aufheiternd, „und jetzt schaust du selbst ganz düster aus!“

Mit dem Fuß stieß Martin einen Stein auf die Straße. „Es ist doch nicht zu fassen“, sagte er. „Die glaubt tatsächlich, was sie sagt, oder?“

„Es scheint so.“

Martin richtete sich auf und schaute in den blauen Himmel. „Mein Gott, was für einen Schwachsinn die Leute glauben! Und dann auch noch von ‚der Nummer Eins‘ zu reden!“ Er schüttelte sich. „Ach komm, wir lassen uns nicht den Tag verderben von so einem Blödsinn, oder?“ Er lachte und strich Konrad rasch über die Stirn. „Lass uns den Vorfall vergessen, Boludo! Wir machen's uns einfach schön. – Ach, guck mal, dort vorn an der Ecke ist übrigens die Galerie, von der ich dir erzählt habe. Sie gehört dem Kunsthändler, der mir den Kaufinteressenten aus Südfrankreich empfohlen hat. Wollen wir hineingehen? Ihn besuchen?“

„Nicht wenn er Hitler-Bilder im Schaufenster hat und

auch so ein Verschwörungstheoretiker ist!", entgegnete Konrad.

„Nein, nein! Er ist ein Freund."

Sie überquerten die Straße und gingen in die Galerie.

„Das ist er", sagte Martin und lenkte Konrads Blick mit einem Kopfnicken in Richtung eines Mannes, der in der Mitte des großzügigen Ausstellungsraumes stand. „Er heißt Hugo. Hugo Pereira. Ihm gehört die Galerie."

„Der mit dem gelben Schal?"

„Genau."

Der Galerist war vertieft in ein Gespräch mit einem alten Mann, den Konrad zunächst nur von hinten sah. Dennoch war er von der Ausstrahlung dieses Alten sonderbar fasziniert, als erinnere sie ihn an irgendetwas. Der Mann stand kerzengerade, fast starr, trug einen weißen Anzug und weiße Handschuhe. Seine Haare waren ebenfalls schneeweiß. Er schien sehr vertraut mit dem Galeristen, sie unterhielten sich lebhaft.

Plötzlich klingelte das Handy des alten Mannes. Er fischte es aus der Tasche, drehte sich um, und im selben Augenblick traf sein Blick den Konrads. Konrad zuckte zusammen. Die Augen des Alten waren stahlblau und schienen ihn wie ein Messer zu durchdringen.

Konrad lief ein kalter Schauer über den Rücken. Er registrierte, wie der alte Mann ihn für den Bruchteil einer Sekunde überrascht anstarrte, bevor er sein Telefonat entgegennahm. Gerade so, als würde er ihn kennen und sei erstaunt, ihn hier zu sehen.

Martin hatte von all dem nichts mitbekommen. Neugierig betrachtete er die Bilder in der Nähe. Konrad dagegen war flau in der Magengegend. Das Gefühl, den Alten zu kennen, drängte sich ihm immer mehr auf, ohne dass er hätte sagen können, woher.

Dieser lief, etwas steifbeinig und mit dem Telefon am Ohr, in großem Bogen um die beiden Freunde herum und verließ eilig die Galerie.

Während Konrad ihm durch die Scheibe nachschaute, kam Hugo Pereira auf ihn und Martin zu und begrüßte sie.

Zunächst herzte er Martin.

„¡Hola! Schön, dass du mich besuchen kommst, Querido! Wir haben uns ja lange nicht gesehen!"

„¡Hola!", lachte Martin. „Ich war ja auch lange nicht in El Bolson. Darf ich vorstellen: Das ist mein Freund Konrad. Ich hatte dir schon von ihm erzählt."

Konrad und Hugo Pereira küssten sich auf die Wange.

„Habe schon von dir gehört, Konrad! Martin hält ja große Stücke auf dich!" Er schmunzelte vieldeutig. „Was führt euch her? Was kann ich für euch tun?"

Konrad räusperte sich und blickte verunsichert zu Martin hinüber. Da dieser aber keine Anstalten machte, etwas zu sagen, begann er: „Nun, kann ich dich etwas fragen, Hugo? Es geht um den Auktionator aus Südfrankreich, dessen Adresse du weitervermittelt hast."

Das Lächeln in Hugo Pereiras Gesicht erfror augenblicklich.

„Auktionator aus Südfrankreich?", wiederholte er langsam, als habe er Konrad nicht ganz verstanden.

Ein peinliches Schweigen entstand.

In dieses hinein sagte Pereira nach einer Pause: „Ja, mag schon sein, dass ich Martin die Adresse gegeben habe. Das war vielleicht ein Fehler von mir."

„Fehler? Wieso ein Fehler?", wollte Konrad wissen.

„Na ja, also, ich kenne diesen Menschen ja gar nicht persönlich. Und ich will mich da nicht weiter reinhängen."

Konrad wurde das Gefühl nicht los, mitten in ein Wespennest getreten zu sein.

„Ich dachte, du könntest mir vielleicht etwas mehr über ihn erzählen", hakte er unsicher nach.

Auch Martin war sichtlich irritiert. „Aber wenn du ihn persönlich gar nicht kennst", fragte er, „wie bist du dann an seine E-Mail-Adresse gekommen?"

Pereira schien verärgert.

„Über einen Auktionator in Buenos Aires", entgegnete er knapp. „Aber wie gesagt, ich möchte mit der Sache lieber nichts mehr zu tun haben. Wenn ihr euch für eines meiner Bilder interessiert, könnt ihr gerne bleiben. Aber ich muss mich jetzt entschuldigen. Ich habe zu tun. Martin, es war schön, dich wiederzusehen und Konrad, nett deine Bekanntschaft gemacht zu haben!"

Mit diesen Worten wandte Hugo Pereira sich ab und ließ Martin und Konrad, die sich verdutzt anschauten, mitten in der Galerie stehen.

Konrad fand als Erster seine Sprache wieder. „Was war denn das?"

Martin schüttelte den Kopf. „Keine Ahnung. Er ist sonst nicht so. Irgendwas an ihm ist komisch heute. Ich hab keine Idee, warum."

Konrad atmete tief durch. Was für ein verrückter Tag. Er schaute sich um. Überall an den Wänden erblickte er Kunst des 21. Jahrhunderts. Hier ein paar schrille Bilder mit neonfarbigen Einhörnern und Gnomen der argentinischen Malerin Ana Amabel Aguirre, da die Schwarz-Weiß-Fotografien des chilenischen Fotografen Flaminio De la Torre, der hauptsächlich Vorstadt-Slums und Müllberge ablichtete.

„Das sieht alles sehr nach zeitgenössischer südamerikanischer Kunst aus", bemerkte er. „Interessiert mich sowieso nicht sonderlich."

„Dann lass uns gehen", erwiderte Martin. „Ich fühle mich sowieso ganz eigenartig."

Sie verließen die Galerie, und im Hinausgehen schaute sich Konrad ein letztes Mal um. Er wollte sehen, ob der merkwürdige Alte zurückgekommen war. Aber er konnte ihn nirgends entdecken. Stattdessen sah er, wie Pereira in einer Ecke stand und telefonierte.

Konrad war erschöpft. Um die Situation zu entkrampfen, fasste er Martin am Arm und meinte scherzhaft: „Dass du es nur weißt, mein Guter. Du kriegst mich heute in keine Galerie mehr! Ist das klar?"

„Einverstanden!", lachte Martin.

„Sag mal, hast du übrigens diesen alten Mann im weißen Anzug gesehen? Der neben Pereira stand, als wir in die Galerie kamen? Ich meine, dass ich ihm schon mal irgendwo begegnet bin."

Konrad überlegte erneut, wo er diesen Kauz schon einmal gesehen haben könnte. Aber er kam nicht darauf.

„Ja, der sah echt schrill aus!", gab Martin zurück. „Den hätte man mal fotografieren sollen."

In diesem Moment wurde Konrad flau im Magen und er spürte, wie sich die Härchen auf seinen Unterarmen aufstellten. Plötzlich war ihm eingefallen, wo er den Alten schon einmal gesehen hatte. Und zwar in einem dieser nervigen Touristenpulks, die ab und zu vor seinem Haus standen und es fotografierten.

Es war schon ziemlich lange her, vielleicht zwei oder drei Monate. Der Alte hatte steif wie ein Brett zwischen den anderen Leuten gestanden und das Haus betrachtet. Einfach nur geguckt hatte er. Endlos lange. Seine weißen Haare waren vom Wind zerzaust gewesen. Und als Konrad wieder einmal genervt aus dem Fenster gesehen hatte, da hatte der Alte ebenfalls fotografiert. Mit einer geradezu antiken Kamera. Konrad erinnerte sich deutlich an das schwarze Gestell und die weißen Handschuhe.

12 Die verräterische Waffe

Als Verena am Morgen des sechzehnten Juni zu ihrem Büro ging, wartete ein stämmiger Mann vor ihrer Tür, bei dessen Anblick sie schmunzeln musste. Er trug eine so astreine bayerische Tracht, dass er aussah, als käme er geradewegs aus einem Heimatfilm. Für Verenas Gefühl passten allerdings die Lederhose mit aufgenähtem Edelweiß und die grüne Joppe mit den Hirschhornknöpfen nicht ganz zu seinem etwas ganovenhaften Gesichtsausdruck.

„Guten Tag. Mayer-Galotti. Sie wollen zu mir?", fragte sie, als sie heran war.

„Genau."

„Worum geht es?"

„Na, um das Bild."

„Um welches Bild?"

„Na, aus der Zeitung."

Er holte eine Zeitung aus der Jackentasche und hielt ihr das Bild des „Affen" so dicht unter die Nase, dass sie unwillkürlich den Kopf zurückriss.

„Ich kenn' den", sagte der Mann.

Verena straffte sich. „Okay. Entschuldigung, kommen Sie doch bitte herein."

Der Mann gab seinen Namen mit Iwan Setschko an. Ein Russe in bayerischer Tracht. Das wurde ja immer besser. Und dann erfuhr Verena eine etwas verwickelte Geschichte.

Setschko arbeitete im Jagdgeschäft Frankonia in der Friedrichstraße und verkaufte dort Jagd-, Sport- und Handschusswaffen. In diesen Laden war besagter Mann vor einer Woche gekommen und hatte einen Revolver der Marke Kimber 45 gekauft. Prüfdokumente, Waffenschein und Ausweis hatten vorschriftsmäßig vorgelegen. Iwan Setschko konnte sich noch so genau an das Datum erinnern, weil der Käufer die letzten Patronen 45-igen Kalibers gekauft hatte. Setschko hatte noch am selben Tag eine neue Bestellung der Patronen aus den Vereinigten Staaten auslösen müssen.

Nachdem das Phantombild in der Zeitung erschienen war, hatte der Waffenhändler seinen Quittungsblock durchgeschaut und war sich sicher, Quittung und Gesicht dem Namen Hans Müller zuordnen zu können.

„Sind Sie sicher, Herr Setschko? Ich meine, was das Kaufdatum angeht. Das Kaufdatum liegt nämlich nach dem Mord."

„Ich bin hundertprozentig sicher. Ich kann sicher vieles für Sie tun, aber ich kann nicht meinen Quittungsblock fälschen, damit die Beweise zu Ihrem Mord passen."

„Nein, nein, Herr Setschko, so war das nicht gemeint. Ich bedanke mich vielmals!"

Verena erntete ein breites Grinsen.

„Na ja", meinte der Russe, „ehrlich gesagt: Wenn ich was zu verbergen hätte, würd' ich mich auch Hans Müller nennen. Meinen Sie nicht?"

Verena nickte. Solch ein Name bedeutete immer Zeitaufwand. Viele Personen mussten durchleuchtet werden.

Aber ihrer Erfahrung nach war selbst ein falscher Name besser als keiner. In der Regel waren die Leute nicht besonders phantasievoll. Meist gab es einen Verwandten oder Nachbarn, der ähnlich hieß, oder sie vertauschten nur einige Buchstaben ihres tatsächlichen Namens. Wie dem auch sei – man würde bei den Müllers anfangen. Und davon lebten allein in Berlin sicher Tausende. Egal – sie durfte sich nicht entmutigen lassen. Am Ende des Tunnels gab es immerhin ein Licht.

Dennoch war sie verwirrt. Es handelte sich hier um den mutmaßlichen Mörder, aber bei diesem Mord war keine Waffe zum Einsatz gekommen. Er hatte nach dem Mord eine Waffe gekauft. Wie passte das zusammen?

Sie dankte Setschko nochmals dafür, dass er sich gemeldet hatte, und notierte sich seine Daten. Immerhin hatte der Affe jetzt nicht nur ein Gesicht, sondern auch einen Namen. Er existierte also wirklich.

Entsprechend ihrer Erwartung ging die Suche nach Hans Müller nur schleppend vorwärts, da es 8785 Namenstreffer in Deutschland gab. Und dummerweise passte keiner der wenigen Namensträger im Vorstrafenregister auf das Phantombild.

„Das wäre ja auch zu einfach gewesen“, fluchte Verena.

Mittlerweile war es mittags durch. Sie holte sich den dritten Kaffee des Tages aus dem Automaten und legte zur Abwechslung eine Zigarettenpause im Hof ein, um wenigstens ein bisschen von der herrlichen Sonne abzubekommen.

Zurück an ihrem Schreibtisch, klingelte das Telefon. Ein Kollege aus dem Labor teilte ihr mit, dass die DNA-Probe von Ari Kelch negativ war.

„Na, wenigstens etwas", flüsterte sie erleichtert und hatte schlagartig gute Laune. Ari Kelch war es also nicht gewesen! Er konnte von dem Mord oder dem Mörder gewusst haben. Er konnte sogar Beihilfe geleistet haben. Aber die Tat selbst hatte er nicht begangen!

Das gefiel Verena so gut, dass sie sich gleich noch eine Zigarette ansteckte, sich entspannt zurücklehnte und sogar für einen Moment die Augen schloss. Sofort erschien vor ihr Ari Kelchs Gesicht. Doch, er hatte blaue Augen. Meerblau waren sie. Und in Richtung Iris von einem leichten Türkis.

Ein schrilles Telefonklingeln riss sie aus ihren Tagträumen. Auf dem Display erkannte sie die Nummer vom Einsatzteam der Schutzpolizei.

„Was gibt's?"

„Frau Mayer-Galotti, wir habe noch eine Leiche, nur wenige Meter weit entfernt vom letzten Fundort. In der Rochstraße 9."

„Rochstraße?" Es ratterte in Verenas Hirn. Das war doch das Haus, in dem ...

„Die Ermordete heißt Magdalena Zöllner. Sie wurde in ihrer Wohnung tot aufgefunden."

„Was! Woran ist sie gestorben?"

„Schussverletzung."

Verena atmete tief durch.

„Okay, ich bin in einer viertel Stunde da."

Am Tatort angelangt, traf sie wieder auf Ralf.

„Ah, Frau Kollegin, haben Sie Sehnsucht nach mir gehabt?“, witzelte er.

„Genau, Ralf, ich hab's ohne deine Nähe einfach nicht ausgehalten“, erwiderte Verena leicht genervt. „Wie weit seid ihr?“

„Sie muss aus nächster Nähe erschossen worden sein, wahrscheinlich mit einer Handfeuerwaffe.“

„Irgendwelche Anzeichen, die auf einen Raubmord schließen lassen?“

„Nichts, wir haben ein paar Goldmünzen im Schrank und knapp einhundertfünfzig Euro in ihrem Portmonee gefunden. Sieht also nicht danach aus, als ob der Mörder auf ihre kleine Rente erpicht gewesen wäre.“

„Wie wurde sie überhaupt entdeckt?“

„Eine Nachbarin hat den KDD angerufen. Sie trifft sich einmal am Tag mit ihr und fand es ungewöhnlich, dass Frau Zöllner nicht öffnete. Die Kollegen haben dann die Tür geöffnet. Und da lag sie.“

„War der Arzt schon da?“

„Ist noch bei der Arbeit.“

„Hm. Sonst etwas Auffälliges bis jetzt? Hat die Nachbarin irgendetwas gehört?“

„Soweit sie sagt, nichts. Das Türschloss ist unversehrt. Wahrscheinlich hat sie selbst geöffnet. Vielleicht hat sie ihn gekannt. Der Arzt meint, es gäbe keine Abwehrzeichen oder sonstiges. Aber Schmauchspuren an der Kleidung gibt's eindeutig. Also aus nächster Nähe erschossen. Genaueres können sie natürlich erst …“

„Ich weiß. Nach der Auswertung sagen."

Ralf nickte.

„Interessant war zunächst nur das hier." Er wies auf ein kleines, goldfarbenes Opernglas, das, bereits in eine Tüte verpackt, griffbereit auf der Wohnzimmercouch lag.

Verena betrachtete den eleganten Feldstecher.

„Wieso zunächst?"

„Es lag auf dem Couchtisch. Ich finde, es passt irgendwie nicht zu der sonstigen Wohnung. Aber der Mörder hat es auch nicht hier vergessen. Wir haben in einer Küchenschublade eine etwa zwei Monate alte Rechnung über das Opernglas gefunden. Unglaublich teures Ding. Es war wirklich ihrs. Was hat sie wohl damit gemacht?"

„Darf ich mal?", fragte Verena.

Ralf reichte ihr Gummihandschuhe. Verena zog sie sich über, dann fischte sie das Opernglas aus der Plastikhülle und ging damit auf den Balkon. Dort hielt sie es sich vor die Augen und nahm das Hotel gegenüber ins Visier.

„Meine Herren", sagte sie staunend, während sie ein Zimmermädchen beobachtete, das gerade ein Hotelbett herrichtete. „Das ist ja der Knaller."

Sie erkannte jedes Detail. Sogar ein Piercing in Herzform an der Oberlippe des Mädchens.

„Na, damit hätte ich auch ein Phantombild des Mörders erstellen können. Da hat unsere gute Frau Zöllner ja doch die Wahrheit gesagt."

Plötzlich machte Verena sich bittere Vorwürfe. Sie hatte Frau Zöllner nicht ernst nehmen wollen, sie hatte nicht geglaubt, dass die Quatschtante, die sie in ihren Augen gewesen war, etwas wirklich Nützliches zu dem Fall beitragen konnte. Nun wusste sie: Frau Zöllner hätte ihren Schutz gebraucht. Sie hätte sie nicht abwimmeln dürfen. Von wegen: die guten Augen einer Lehrerin! Warum nur hatte sie ihr denn nichts von dem Opernglas erzählt! Die Frau war in Gefahr gewesen. Und sie war noch nicht einmal auf den Gedanken gekommen!

Verena fühlte sich fürchterlich. Ihr Gehirn arbeitete auf Hochtouren. Hatte der Mörder Bocks auch Frau Zöllner umgebracht, weil sie ihn gesehen hatte? Und wenn jemand, der einen Mord begangen hatte, sich nicht scheute, auch noch eine Zeugin zu töten, war die Hemmschwelle zum dritten Mord niedrig. Dieser Mensch war extrem gefährlich! Sie musste ihn so schnell wie möglich finden! Doch wie? Im Grunde war sie noch keinen Schritt weitergekommen. Das Einzige war dieser angebliche Hans Müller, der wahrscheinlich völlig anders hieß und längst über alle Berge war. Sie musste unbedingt noch in der Zentralkartei nachsehen, Vor- und Nachnamen einzeln suchen und mit der Gesichtsdatei der Vorbestraften vergleichen. Das würde Stunden dauern!

Ihr Gesicht hellte sich auf. Hatte sie nicht einen temporären Partner? Na also. Wofür gab es den? Sie griff zum Telefon.

Nachdem sie die nervtötende Recherche elegant delegiert hatte, machte sie sich an die erste Ermittlungsarbeit im Fall Zöllner. Zuerst klingelte sie bei der Nachbarin, die die Polizei gerufen hatte. Aber die hatte tatsächlich nichts gesehen und nichts gehört. Die zierliche ältere Frau konnte nicht fassen, was da mit ihrer Freundin passiert war und beteuerte immer wieder, wie freundlich und nett Frau Zöllner gewesen sei, und dass es ganz bestimmt niemanden gab, der ihr etwas Böses gewollt hätte. Verena lobte sie für ihr besonnenes Handeln und verabschiedete sich fürs Erste. Dann klingelte sie an weiteren Haustüren, befragte erst die anderen Nachbarn, dann umliegende Läden und Lokale, und durchsuchte schließlich noch einmal Frau Zöllners Wohnung. Es musste doch irgendeinen kleinen Hinweis geben, der ihr weiterhalf!

Diese Kleinarbeit liebte sie im Grunde viel mehr als das stupide Berichteschreiben im Büro. Verena kam sich dann fast wie Sherlock Holmes vor. Wie er hätte sie stundenlang Leute ausfragen oder mit der Lupe über den Boden kriechen können.

Das Ergebnis war allerdings mehr als frustrierend. Niemand hatte auch nur irgendetwas gesehen oder gehört. Und die zwei Zimmer von Frau Zöllner waren so sauber und so aussagelos wie ein frisch geputztes Möbellager.

Zur Erholung kehrte sie erst einmal bei ihrem Lieblingsitaliener ein, aß eine Caprese-Pizza und leistete sich einen 86er Barolo.

Eigentlich hätte sie jetzt nach Hause fahren und Feierabend machen können. Aber der Tod von Frau Zöllner ließ ihr keine Ruhe. Also fuhr sie, obwohl es schon spät war, noch einmal zum Büro.

In ihren E-Mails fand sie das Ergebnis ihrer Anfrage vor, ob sich Konrad Bessi zum Tatzeitpunkt in Deutschland aufgehalten hatte. Endlich! Das hatte ja unglaublich lange gedauert. Über eine Woche. Jemand musste die Recherche verschlampt haben. Das Ergebnis an sich aber war tröstlich. Bessi war zur Tatzeit definitiv nicht in Deutschland gewesen. Das bedeutete, dass der Mann, den sie für den Auftraggeber Kelchs hielt, nicht der Mörder war.

Eigentlich hatte die Staatsanwaltschaft jetzt gar nichts mehr gegen Kelch in der Hand. Kein Mord und keine Beihilfe zum Mord. Wegen der Fotos konnte man ihn unmöglich weiter in Untersuchungshaft behalten.

Sie rief bei der Staatsanwaltschaft an, erreichte aber niemanden mehr.

Endlich machte sie Feierabend.

Am nächsten Morgen wurde Verena durch einen Anruf von Sven geweckt.

„Verena, wir haben jetzt den Waffentypus identifiziert, mit dem Frau Zöllner erschossen wurde."

„Ich höre?"

„Ein halbautomatischer Handrevolver, 45er Kaliber."

„45er?", fragte Verena, während etwas in ihr zu rattern begann.

„Ja, eine Kimber 45."

„Das ist ein Ding! Ich wette, es war dieser Hans Müller. Oder wie immer er in Wirklichkeit heißt."

„Das Affengesicht?"

„Ja."

„Vielleicht wollte er verhindern, dass Frau Zöllner das Phantombild von ihm erstellt", meinte Sven.

„Dann kam er jedenfalls zu spät", antwortete Verena. „Sven, ich hoffe nur, dass es nicht noch mehr Morde in dieser Geschichte gibt. Das müssen wir unbedingt verhindern."

Noch von zu Hause aus telefonierte sie mit der Staatsanwaltschaft, um die Entlassung Ari Kelchs zu bewirken.

13 Alte und neue Partner

Ari Kelch hatte viel Zeit zum Nachdenken gehabt, während er in Untersuchungshaft saß. Ohne zu ahnen, dass Verena seine Entlassung bereits initiiert hatte, bat er darum, ein Telefongespräch nach Argentinien führen zu dürfen. Dies wurde ihm bewilligt.

Ein Beamter begleitete ihn zum Telefon. Wohlwissend, dass sein Gespräch wahrscheinlich mitgeschnitten würde, tippte Ari Kelch die Nummer ein und lauschte dem Klingelton.

„Bessi", ertönte es auf der anderen Seite.

„Kelch hier", antwortete Ari.

„Hatten wir nicht ausgemacht, dass Sie mich niemals zu Hause anrufen!"

„Es ist ein Ausnahmefall, Señor Bessi. Ich sitze in Berlin in Untersuchungshaft und werde des Mordes an Randolf Bock beschuldigt."

Am anderen Ende war es still. Ari Kelch sah auf dem Display die Zeit laufen. Er wusste, dass er das Gespräch bezahlen musste.

Für sein Empfinden etwas zu spät antworte Konrad Bessi in überraschtem Ton: „Bock wurde umgebracht?"

„Ja."

„Und was habe ich damit zu tun?"

„Señor Bessi, ich jedenfalls habe mit diesem Mord nichts zu tun. Bin aber jetzt beschuldigt. Ich habe lediglich Ihren Auftrag erfüllt, Bock ausgeforscht, fotografiert und die Akte über ihn erstellt. Mehr nicht. Und jetzt ist er tot. Und da man meine Fotos gefunden hat, stehe ich natürlich unter Verdacht."

„Das ist ärgerlich für Sie", antwortete Konrad Bessi zögerlich. „Ich weiß allerdings nicht, was Sie getan haben und was nicht. Mein Auftrag an Sie war eindeutig. Von Mord war nicht die Rede. Aber Sie sind sich schon im Klaren über unsere Vereinbarung? Der Auftrag war definitiv geheim. Sie dürfen nicht darüber sprechen. Das wissen Sie."

„Genau deshalb rufe ich an", antwortete Ari Kelch. „Die Umstände haben sich eben geändert. Um meine Unschuld zu beweisen, muss ich mit der Polizei hier in Deutschland kooperieren. Ich muss die Sache offenlegen. Ich halte doch nicht meinen Kopf für einen Mord hin! Das Honorar ist mir in diesem Fall egal. Das überweise ich Ihnen zurück."

„Aber …"

„Señor Bessi, ich teile Ihnen hiermit mit, dass ich unser Vertragsverhältnis kündige."

Konrad Bessi überlegte kurz.

Dann erwiderte er: „In Ordnung. Aber glauben Sie nicht, dass ich Ihnen helfen werde. Schließlich weiß ich nicht, ob Sie den Mord begangen haben oder nicht. Und ich werde Ihre Akte vernichten und unsere Vertragsbeziehung leugnen, sollte mich jemand danach fragen. Ich möchte nichts mit einem Mord zu tun haben."

„Genauso wenig wie ich. Verstehe. Dann ist ab jetzt jeder auf sich gestellt. Uns verbindet nichts mehr."

„So ist es", antwortete Bessi. „Übrigens Herr Kelch …"

„Ja?“

Bessi räusperte sich und schwieg.

Plötzlich sagte er: „Hat mich gefreut“, und legte auf.

Gerade als Ari Kelch, etwas verwirrt, ebenfalls auflegte, kam ein zweiter Vollzugsbeamter in den Raum und trat auf ihn zu.

„Kommen Sie, Herr Kelch“, forderte er ihn auf. „Sie müssen Ihre Sachen packen.“

„Meine Sachen? Werde ich verlegt?“

„Nein, entlassen. Frau Mayer-Galotti erwartet Sie draußen“, gab der Beamte zurück.

Ari Kelch schaute überrascht ob dieser plötzlichen Wendung, ließ sich aber nicht zweimal auffordern. Eilig packte er und folgte dem Beamten zum Ausgang.

Nachdem er die Formalien erledigt und seine Papiere zurückerhalten hatte, trat er aus der Tür.

Verena kam auf ihn zu und begrüßte ihn.

„Es tut mir leid für die Unannehmlichkeiten, Herr Kelch.“

Ari Kelch lächelte schwach. „Ach, schon vergessen. Es freut mich vielmehr, dass ich frei bin. Wie kommt es so plötzlich dazu?“

„Es hat einen weiteren Mord gegeben, als Sie in Untersuchungshaft saßen“, entgegnete Verena. „Die Zeugin wurde umgebracht. Wir gehen aufgrund verschiedener Tatsachen davon aus, dass es sich um denselben Täter handeln muss, der auch Randolf Bock ermordet hat. Und dass er die Zeugin aus dem Weg räumen wollte, weil sie ihn erkannt hat. Hinzu kommt, dass Ihre DNA-Probe negativ war. Und dass sich Ihr Auftraggeber, dessen Namen Sie nicht preisgeben, von dem ich aber annehme, dass es sich um Konrad Bessi handelt, nachweislich weder zum Zeitpunkt des ersten noch des zweiten Mordes in Deutschland aufgehalten hat. Sie sind daher entlastet."

„Das freut mich", sagte Ari Kelch. „Und es trifft sich gut. Ich wollte sowieso mit Ihnen reden."

„So? Warum?"

„Ich habe soeben beschlossen, ab jetzt mit Ihnen zu kooperieren. Sie hatten Recht. Es gab zwischen mir und Konrad Bessi eine Verbindung."

„Erzählen Sie."

Verena und Ari Kelch gingen den Bürgersteig entlang.

„Bessi gab mir den Auftrag, Bock auszukundschaften", begann Ari. „Ich sollte ihn fotografieren und eine Akte über ihn erstellen. Das habe ich auch getan. Bei dieser Gelegenheit habe ich meine Objektivkappe verloren, die Ihre Kollegen dann ja auch prompt vor Bocks Wohnung gefunden haben. Aber von Mord war niemals die Rede."

Verena sah ihn durchdringend an. „Warum haben Sie das mit Bessi nicht gleich gesagt?"

„Weil es ein geheimer Auftrag war. Ich sollte Stillschweigen wahren. Das war die Vereinbarung. Und üblicherweise halte ich mich an so etwas. Nur bei Mord sieht die Sache schließlich anders aus. Deshalb habe ich mit Bessi telefoniert und meinen Vertrag gekündigt."

Verena nickte langsam. Sie waren soeben bei ihrem Auto angelangt.

„Zuerst einmal müssen wir das, was Sie gerade gesagt haben, protokollieren. Am besten fahren wir zusammen aufs Revier. Dann können wir das gleich erledigen. Einverstanden?"

„Gern."

Verena öffnete die Türen ihres Wagens und stieg zur Fahrerseite ein, während Ari Kelch auf dem Beifahrersitz Platz nahm. Bevor sie den Motor startete, wandte sie sich ihm noch einmal zu.

„Was meinen Sie mit kooperieren, Herr Kelch?"

„Nun, auf jeden Fall, dass ich Ihnen alles sage, was ich weiß. Und dass ich Ihnen bei Fragen jederzeit zur Verfügung stehe. Und außerdem ..."

Als habe jemand einen Schalter umgelegt, spürte Verena von einem Moment auf den anderen wieder diese Anziehung zwischen ihnen beiden. Genau wie an dem Tag, als sie Ari das erste Mal in seinem Hotelzimmer aufgesucht hatte. Er saß ganz ruhig neben ihr, sehr souverän und gelassen, was eigentlich nach dem, was er gerade hinter sich hatte, erstaunlich war. Sie merkte, wie sie immer nervöser wurde.

„Und außerdem?", fragte sie so sachlich wie möglich zurück.

„Entschuldigen Sie, Frau Mayer-Galotti ..." Ari Kelch schien mit sich zu ringen. „Ich ... es ist vielleicht unpassend. Noch dazu ... zu diesem Zeitpunkt. Ich hoffe, Sie nehmen es mir nicht übel. Aber ich würde Sie, ehrlich gesagt, sehr gern zum Essen einladen."

Verena öffnete den Mund und schloss ihn wieder. Ihr

war sofort klar, dass sie ablehnen musste. Mit einem Zeugen essen zu gehen, selbst wenn er als Verdächtiger gerade entlastet war, war so unprofessionell wie nur irgend möglich. Noch während sie innerlich darüber räsonierte, wie ungerecht es doch war, dass ausgerechnet dieser Mann, der sie so brennend interessierte, wieder einmal nicht erreichbar für sie war, fragte Ari:

„Heute Abend? Haben Sie Zeit?"

Ich muss nein sagen, dachte sie. Klar und deutlich nein. Ich darf es nicht ... Gleichzeitig stieg eine Welle von Trotz und Sehnsucht in ihr auf, die sie geradezu überschwemmte. Sie hatte Mühe, sich nichts anmerken zu lassen.

Ari Kelch rührte sich nicht. Fast schien ihr, als wenn er ihrem inneren Kampf mit einigem Genuss folgte.

„Gern", sagte sie leise.

Seine Freude war nicht zu übersehen. Er kam ihr vor wie ein kleiner Junge, der gerade sein Weihnachtsgeschenk in Empfang genommen hatte.

„Fein. Um zwanzig Uhr? Im Yosoy, Rosenthaler Straße? Kennen Sie das?"

Verena nickte.

„Schön, dass Sie mitkommen! Ich freue mich. Gut, fahren wir aufs Revier und erledigen die Formalitäten. Dann muss ich dringend ins Hotel, und mich in einen soliden Bürger zurückverwandeln." Er lächelte. „Und heute Abend treffen wir uns im Yosoy?"

Verena nickte erneut, startete den Wagen und fuhr los.

14 Malerische Delikatessen

Als sie das Restaurant betrat, sah sie ihn sofort. Er stand auf, ging auf sie zu und begrüßte sie herzlich. Dann half er ihr elegant aus dem Mantel, zog den Stuhl für sie zurück und blieb so lange wie eine Schutzmauer vor der allzu lauten Welt hinter ihr stehen, bis sie ganz in Ruhe auf ihrem Stuhl Platz gefunden hatte. Für einen Moment wünschte sie sich, er würde dort einfach stehen bleiben, für immer, seine Hände auf ihre Schultern legen und die Zeit anhalten.

Ari nahm ihr gegenüber Platz und schenkte ihr ein Glas Wasser ein.

„Ich war so frei, schon Wasser und eine Flasche Malbec zu bestellen", sagte er. „Er kommt direkt aus Mendoza, dem besten Weinanbaugebiet meines Landes."

„Perfekt", entgegnete Verena. Sie genoss das Gefühl umsorgt zu werden. Sie musste wieder an ihre erste Begegnung denken. Vom ersten Moment an hatte sie sich so erstaunlich wohl gefühlt. Wie hatte sie ihn je für schuldig halten können! Sie war ausgesprochen froh, dass dieser Mann nun unter keinem Verdacht mehr stand.

Ari blätterte in der Speisekarte. Verena betrachtete ihn. Da sah er auf. Und statt wegzuschauen, sah sie ihm tief in die Augen. Es war, als blicke sie durch eine geöffnete Tür in eine Schönwetterwelt, die nur auf sie wartete. Sie brauchte nur ein paar Schritte weiter gehen und alle schwarzen Wolken in ihrem Leben würden sich für immer auflösen.

„Wissen Sie was?", sagte Ari plötzlich. „Wenn ich dürfte, würde ich Ihnen tatsächlich gern helfen bei der Aufklärung dieses Falles."

„Das ist unmöglich", entgegnete Verena sofort. „Und das wissen Sie."

„Ja sicher. Offiziell ist es unmöglich. Aber ich bin Detektiv. Quasi fast so etwas wie ein Kollege von Ihnen." Er schmunzelte. „Und wenn man so unerwartet von einem heimlichen Auge zu einem Mordverdächtigen wird, dann weckt das schon eine große Neugier."

Verena schüttelte den Kopf.

Aber Ari Kelch ließ sich nicht beirren: „Im Übrigen habe ich mich schon immer ein wenig für Kunst interessiert. Besonders für die Van Goghs. Ich könnte Ihnen sicher wertvolle Informationen in dieser Richtung besorgen."

Für einen Moment stellte Verena sich vor, wie sie mit Ari statt mit Dennis im Büro sitzen würde. Welch ein himmelweiter Unterschied! Unwillkürlich seufzte sie leicht auf.

„Außerdem", erklärte Ari, „die Verbindung zwischen einem Mord, einem Van Gogh und Ihrer Gesellschaft ist nahezu unwiderstehlich."

Verena musste lächeln. Das war doch mal etwas anderes als Ralfs plumpe Annäherungsversuche.

„Sie wissen eine Menge über das Opfer, Herr Kelch. Und Sie meinten ja, Sie würden kooperieren. Würden Sie mir dann auch sagen, was Ihr Auftraggeber genau mit Herrn Bock zu tun hatte?"

„Kein Vertrag mehr – keine Verschwiegenheitspflicht", entgegnete Ari munter. „Also: Mein Klient ist, beziehungsweise war, daran interessiert, ein Gemälde von Van Gogh zu verkaufen. Kennen Sie Van Gogh?"

„Den Maler mit den Sonnenblumen, der sich irgendwann ein Ohr abgeschnitten hat."

„Der Wegbereiter der Expressionisten …"

Ari stockte einen Moment. Sein Blick schien in die Ferne zu wandern, als würde er eines der Bilder von Van Gogh vor sich sehen. Fasziniert betrachtete Verena sein Gesicht, das plötzlich einen sehr konzentrierten Ausdruck angenommen hatte. Seine Augen waren groß und offen, und es lag eine solche Sehnsucht darin, dass sie ihn am liebsten geküsst hätte.

Nur langsam, fast widerwillig, kehrte er in die Wirklichkeit zurück, räusperte sich und sagte: „Nun, Van Gogh hat die Malerei wie kaum ein anderer nachhaltig verändert. Zu Lebzeiten noch verkannt und oft bettelarm, ist sein Werk heute eines der bekanntesten und wertvollsten in der ganzen Kunstszene. Seine Bilder bringen Höchstpreise. Zu Recht. Mein Klient jedenfalls ist im Besitz eines original Van Gogh Gemäldes mit dem Titel *Maler auf dem Weg nach Tarascon*. Kennen Sie es?"

„Ich glaube, ich habe mal eine Reproduktion davon gesehen."

„Dieses Bild", erklärte Ari, „ist in den Wirren des Krieges verloren gegangen. Es entzieht sich meiner Kenntnis, wie mein Klient in seinen Besitz gekommen ist. Aber da es mit Sicherheit nicht legal war, versucht er nun, es auf inoffiziellem Wege zu verkaufen."

„Auf inoffiziellem Weg?", fragte Verena, obwohl sie immer weniger zugehört hatte. Seine Stimme und seine Art zu reden, wie er dabei kaum merklich aber doch nachdrücklich den Kopf bewegte, lenkten sie zu sehr ab. Sie hätte ihn stundenlang nur anschauen können.

„Nun, wenn er das Bild auf einer öffentlichen Auktion anbieten würde, würde er ganz bestimmt das Doppelte bis Dreifache dafür bekommen. Mindestens. Doch dann müsste er auch den Eigentumspfad des Bildes nachweisen. Er müsste beweisen, dass es in seinem rechtmäßigen Besitz ist. Da es aber als verschollenes Beutekunstwerk gilt, ist das nicht möglich. Der Auktionsveranstalter würde sich strafbar machen und Konrad Bessi würde verhaftet werden. Dem versucht er natürlich aus dem Weg zu gehen."

„Das leuchtet ein", stimmte Verena zu. „Wie viel ist solch ein Bild denn wert?"

„Viele Millionen. Vermutlich mehr, als wir uns vorstellen können. Und Herr Bessi versucht nun also, das Bild auf dem Schwarzmarkt zu verkaufen. Natürlich für drei bis fünf Millionen weniger als es wert ist."

„Wie kommt es, dass er gerade jetzt das Risiko eingeht?", fragte Verena. „Warum will er das Bild jetzt verkaufen?"

„Ich wäre ein schlechter Detektiv, wenn ich mich nicht auch über meinen Klienten erkundigt hätte", gab Ari zurück. „Bessi ist ein Lebemann, der es in den letzten Jahren kontinuierlich geschafft hat, das reichhaltige Erbe seines Vaters zu vergeuden. Er ist pleite und braucht dringend Geld."

Die Kellnerin trat an den Tisch und brachte den bereits bestellten Wein. Verena hatte noch nicht einmal in die Karte geschaut.

„Soll ich für uns beide bestellen?", fragte Ari.

„Sehr gerne", entgegnete Verena und lehnte sich zurück.

Ari bestellte eine Reihe von Tapas - Frias und Calientes. Verena fühlte sich angenehm leicht wie schon lange nicht mehr. Sie genoss die Aufmerksamkeit dieses Mannes, seine Umsicht, seine Aura.

„Zurück zu uns", sagte er plötzlich, schaute sie direkt an und machte eine lange Pause.

„Zurück zum Fall", er grinste. „Mein Klient hatte also die E-Mail-Adresse Bocks von einem Freund bekommen. Mit dem Hinweis, dass dahinter ein vermögender Kunstliebhaber stecken würde. Doch ab hier wird das Ganze etwas mysteriös."

„Weil unser Herr Bock sich eher das Playmate des Monats an die Wand hängen würde als einen echten Van Gogh", platzte Verena heraus und wunderte sich selbst über ihren Vergleich. Sein Lächeln in den Mundwinkeln gefiel ihr.

„Da ich aber nicht davon ausgehen konnte, dass die Information des Freundes meines Klienten fehlerhaft gewesen war, und da Herr Bock wohl kaum selbst der Käufer sein konnte - nach dem, was ich bei meinen Recherchen über ihn erfahren habe - musste ich annehmen, dass es sich bei Bock um einen Mittelsmann handelte. Ich habe versucht herauszufinden, ob das stimmt. Aber leider ohne Erfolg. Zumindest kommt es mir unwahrscheinlich vor, dass ausgerechnet Randolf Bock in so etwas verwickelt sein kann. Es passt nicht."

Er zögerte. „Warum lächeln Sie?"

„Sie scheinen ein geschickter Detektiv zu sein", meinte Verena. „Ich frage mich, was Sie so über mich herausfinden würden. Und ob Sie vielleicht sogar schon damit angefangen haben."

„Sie wissen doch, ich muss über meine Beobachtungen Stillschweigen wahren."

Sein verschmitzter Blick machte ihn zwanzig Jahre jünger.

„Wissen Sie übrigens", meinte er, „dass es neben dem Bild *Maler auf dem Weg nach Tarascon* noch zwei weitere Bilder Van Goghs gibt, die nach Tarascon benannt sind?"

„Nein", sagte sie erstaunt. Erstaunt nicht nur über diese Tatsache, sondern über sein umfangreiches Wissen über Van Gogh. „Erzählen Sie mir davon."

Die Tapas und die verschiedenen Soßen waren einfach köstlich. Im Nu waren die Teller leer und Ari bestellte ganz nebenbei eine Reihe neuer.

„Schön, dass es Ihnen schmeckt!", meinte er, während er seine Tapas in eine Alioli-Soße tunkte. „Die hier müssen Sie mal probieren. Die hatten Sie heute noch nicht."

„Ach ...", entfuhr es Verena. „Sie merken sich, was ich esse?"

Er schmunzelte. „Nein, keine Sorge. Aber der Ausruf Ihres Entzückens wäre mir bestimmt nicht entgangen."

Sie griff nach der bezeichneten Sorte und kostete.

„Hm! Phantastisch!"

„Nicht wahr? Die sind mit Mojo rojo. Meine Lieblingssorte. Und bitte probieren Sie auch die mit Salsa!"

Er reichte ihr das Soßenschälchen.

„Um auf die Bilder zurückzukommen: Es gibt noch das Bild einer Postkutsche, dann eines einer Eisenbahnbrücke und schließlich noch eine Zeichnung, die wie eine Vorstudie zu dem eigentlichen Bild gesehen werden kann."

„Und nun gibt es sogar noch einen Drachen von Tarascon", entgegnete Verena leichthin.

Ari Kelch stutzte, hielt in der Bewegung inne und sah sie plötzlich äußerst irritiert an. So irritiert, dass Verena kurzzeitig überlegte, ob sie eben etwas Ungehöriges gesagt hatte. Sein Blick lag geradezu auf der Lauer. Und neben der Verwirrung, die er schon nach wenigen Sekunden geschickt verbarg, entdeckte sie darin ein waches Interesse. Sie versuchte, seinen merkwürdigen Gesichtsausdruck genauer zu deuten, aber es gelang ihr nicht. Und so entschloss sie sich, diesen Blick einfach nur zu genießen, in dem sicheren Wissen, dass das Interesse darin nicht nur dem Drachen galt.

„Ja, einen Drachen", sagte Ari in die Stille hinein, die sich zwischen ihnen ausgebreitet hatte. Seine Stimme klang belegt. „Wissen Sie, Frau Mayer-Galotti, vielleicht ist dieser Randolf Bock tatsächlich nur durch eine Verwechslung in die Sache hineingeraten."

„Eine Verwechslung? Hm, möglich. Ich bin ehrlich gesagt immer davon ausgegangen, dass er zumindest am Rande damit zu tun hatte."

„Vielleicht beides", überlegte Ari.

„Auf jeden Fall ist er tot", sagte Verena. „Und nicht nur er, sondern auch noch eine Zeugin. Ich mache mir schreckliche Vorwürfe deswegen. Wir hätten sie schützen müssen. Die Frau war anstrengend, aber völlig unbescholten. Niemand wäre auf die Idee gekommen, sie umzubringen." Außer ich, dachte sie, behielt diesen gedanklichen Ausrutscher aber für sich. „Und natürlich kann Randolf Bock von allen möglichen Leuten umgebracht worden sein. Er hatte nicht viele Freunde, jedenfalls habe ich noch keine gefunden. Also bin ich immer noch ziemlich sicher, dass diese Bildergeschichte dahinterstecken muss. Aber …"

Verena unterbrach sich abrupt. Was war in sie gefahren? Was tat sie hier? Ohne dass sie gemerkt hatte, wie es dazu gekommen war, hatte sie gerade begonnen, mit Ari Kelch über den Fall zu plaudern, als wäre er tatsächlich ihr Kollege. Genau das hatte er aber doch gewollt, das hatte er ihr angeboten, und sie hatte sich vehement dagegen gewehrt. Er musste längst gemerkt haben, dass sie es jetzt doch tat.

Sie konnte ihre Worte nicht mehr zurückholen, ohne sich noch mehr zu blamieren.

Ari tat, als sei gar nichts passiert.

„Aber?", fragte er.

Verena nippte an ihrem Wein und betrachtete ihn. Warum muss dieser Mann ausgerechnet in Argentinien wohnen, dachte sie. Bald wird er zurückfliegen und aus meinem Leben verschwinden. Es ist ein Jammer.

„Woran denken Sie?", fragte Ari Kelch.

„Ach – ich … ich dachte über den Fall nach", log sie.

Ari Kelch grinste, als hätte er ihre Gedanken erraten.

„Wissen Sie, was mir nicht aus dem Kopf geht?", meinte er. „Folgendes finde ich durchaus eigenartig: Mein Auftraggeber wollte jeden Tag einen kurzen Bericht per Mail von mir, wo ich mich aufgehalten hatte, was ich getan hatte, und so weiter. Er wollte wohl sicher gehen, dass ich auf seine Kosten keinen Urlaub mache. Und in den ersten drei Tagen hat er auch immer sofort auf meine Mails geantwortet. Er stellte viele Fragen. Schließlich habe ich ihm dann die Mappe mit allen gesammelten Informationen und Fotos von Bock zugeschickt. Ab diesem Zeitpunkt hat er sich allerdings überhaupt nicht mehr gemeldet. Auch zu der Mappe hat er sich nicht geäußert. Keine Nachfragen, keine neuen Instruktionen. Ist das nicht ausgesprochen eigenartig?"

„Allerdings", räumte Verena nachdenklich ein. „Das könnte aber auch ein Indiz sein."

„Wofür?"

„Dass Sie nur die Vorarbeit für etwas leisten sollten. Und nachdem Sie das Ergebnis präsentiert hatten, waren Sie nicht mehr wichtig."

„Interessant", entgegnete Ari in bewunderndem Ton.

Wieder versanken beide in Schweigen. Der Kellner kam und erkundigte sich, ob sie noch Wünsche hätten.

Beide verneinten.

Spontan schlug Verena einen Spaziergang vor. Sie hatte das Gefühl, völlig festzustecken und sich bewegen zu müssen.

„Ich mag Spaziergänge. Haben Sie Lust?"

Ari war einverstanden und verlangte die Rechnung.

„Getrennt oder zusammen?", fragte der Kellner.

„Getrennt!", sagte sie im selben Moment als Ari „Zusammen!" sagte.

Ari bezahlte trotz Verenas Protest.

„Es ist mir eine Ehre. Ich würde es auch tatsächlich gern öfter tun, wenn Sie es mir erlaubten."

Verena war sprachlos.

Als bemerke er ihre Verwirrung nicht, wechselte er das Thema. „Eine Frage, Frau Mayer-Galotti, oder … darf ich du sagen …?"

„Warum nicht", stotterte Verena. „Gern. Also – Verena."

„Ari."

Sie lächelten sich an.

„Ich würde dir so gern etwas helfen. Warum lässt du mich nicht?", bat er. „Vier Augen sehen mehr als zwei. Und ich will auch nichts dafür, bestimmt. Ich löse nur so gerne Rätsel. Ich bin ganz verrückt danach. Das ist der Detektiv in mir."

„Ich muss darüber nachdenken", murmelte Verena ausweichend.

15 Der Deal mit dem Drachen

„Stopp! Aus! So geht das nicht! Was machst du denn nur, verdammt noch mal, Konrad! Hast du noch nie auf der Bühne gestanden, oder was?"

Das Vorsprechen im Theater lief miserabel.

„Du stehst ja da wie ein Waschlappen! Du musst viel mehr Witz in die Rolle bringen. Sonst wird das Stück doch total langweilig!", fluchte der Regisseur in Richtung Konrad. „Und wer will langweilige Stücke sehen? Also los! Wenn du die Rolle haben willst, fang noch mal von vorn an!"

Konrad Bessi gab sich alle Mühe, aber er war heute nicht witzig, und er fühlte sich auch nicht so.

Als er das Theater nach dem Vorsprechen verließ, wusste er, dass er die Rolle nicht bekommen würde. Er war enttäuscht. Andererseits, sagte er sich, vielleicht ist es besser so. Ich habe sowieso gerade wichtigere Dinge zu tun. Ich brauche meine Nerven für dieses Bild. Ob alles klappt? Hoffentlich ruft der Drache bald zurück!

Konrad hatte ihm auf seine Mail geantwortet und ihn gebeten, sich telefonisch zu melden. Doch nichts tat sich. Jetzt, nach dem verpatzten Vorsprechen, hielt er es kaum noch aus. Er überlegte, ob er vielleicht noch einmal nachhaken sollte.

Aber genau in diesem Moment klingelte sein Handy.

„Spreche ich mit Konrad Bessi?", fragte eine alte Raucherstimme.

„Ja, am Apparat", antwortete Konrad. „Sind Sie der Interessent?"

„So ist es. Bevor wir Näheres besprechen, möchte ich jedoch wissen, warum Sie so lange nicht auf mein Interesse reagiert haben? Sind Sie unsicher mit dem Verkauf? Gibt es irgendwelche Probleme?"

Die Stimme am anderen Ende klang brüchig, wie von einem sehr alten Menschen. Aber Konrad hörte deutlich einen autoritären Ton heraus. An Selbstbewusstsein mangelte es seinem Gesprächspartner jedenfalls nicht.

„Nein, machen Sie sich keine Gedanken. Nicht die geringsten Probleme. Ich will verkaufen. Ich habe mich nur bei der ersten Kontaktaufnahme in der E-Mail-Adresse geirrt. Es war ein Versehen."

„Verstehe", antwortete sein Gesprächspartner zögerlich. „Ich hoffe, das hat nichts nach sich gezogen. Ich lege sehr viel Wert auf Diskretion, müssen Sie wissen."

„Keine Sorge", entgegnete Konrad schnell. Etwas zu schnell, wie er selber fand, aber sein Gesprächspartner schien das nicht zu bemerken. „Wie darf ich Sie nennen? Verraten Sie mir Ihren Namen?"

Ein heiseres Lachen war zu hören. „Nennen Sie mich ruhig Herr Drache. Ich möchte gern anonym bleiben."

Konrad fand das albern, behielt diese Ansicht aber für sich. Wenn man sich schon so weit eingelassen hatte, fand er, konnte man sich auch mit Namen ansprechen.

„Nun gut, Herr Drache. Mir ist zwar unbehaglich dabei, da Sie meinen vollen Namen kennen, aber ich akzeptiere Ihren Wunsch."

„Das ist auch besser für Sie. So, kommen wir zur Sache. Ich möchte mir das Bild gern ansehen, bevor ich es kaufe. Wie wäre es, wenn ich Sie besuche?“

„Wie bitte? Nein, auf gar keinen Fall!“, lehnte Konrad ab. „Sie kennen meinen Namen, und jetzt soll ich Ihnen auch noch meine Adresse geben, ohne etwas über Sie zu wissen? Sie können von Interpol sein und mir beim Öffnen der Tür Handschellen anlegen. Sie können ein Raubmörder sein und mich in meinem eigenen Haus umbringen und das Bild stehlen! Das Risiko gehe ich nicht ein!“

Der Alte lachte wieder. Es war ein unangenehmes, heiseres, fast metallisches Lachen, von dem Konrad eine leichte Gänsehaut bekam. Dann sagte er: „Sie sind ja ein Experte, Bessi. Denken Sie nicht, dass ich schon längst getan hätte, wovor Sie Angst haben, wenn ich von Interpol oder ein Raubmörder wäre? Ihnen sollte doch klar sein, dass ich schon längst weiß, wo Sie wohnen.“

Konrad überlief ein kalter Schauer. Ihm wurde immer unwohler zumute. Natürlich war ihm auch vorher klar gewesen, dass der Verkauf eines solchen Bildes kein Kinderspiel werden würde. Und genug Komplikationen hatte es ja schon gegeben. Aber jetzt überkam ihn immer mehr das Gefühl, dass diese Sache über seine Kräfte gehen könnte.

Er konnte hören, wie der Mann einen Zigarettenzug inhalierte und ausatmete.

„Wir gehen beide ein Risiko ein“, sagte der Drache langsam. „Sie sind also misstrauisch. Das verstehe ich, bei diesem Bild. Ich habe auch Gründe, misstrauisch zu sein. Hören Sie zu, ich mache Ihnen einen Vorschlag. Ich überweise Ihnen morgen eine Million Dollar per Western Union. Das Passwort zur Abholung ist ‚Drache von Tarascon'. Und jetzt hören Sie gut zu. Wenn Sie das Geld bekommen haben, buchen Sie umgehend einen Flug nach Tarascon. Sie verpacken das Bild sorgfältig, am besten besorgen Sie sich in einem Sportausstatter einen stabilen Behälter, mit dem man Snowboards transportiert oder Sie gehen in ein Musikgeschäft und suchen nach einem Keyboard-Kasten. Das Gepäckstück lassen Sie auf keinen Fall gesondert versichern. Auf Nachfrage sagen Sie, Sie seien Künstler und hätten es selbst gemalt. Am Flughafen in Tarascon werde ich Sie abholen und in mein Schloss bringen lassen. Wenn Ihr Produkt in Ordnung ist, überweise ich Ihnen den Rest des Geldes in Ihrer Anwesenheit und Sie fliegen ohne Bild zurück. Haben Sie sich alles gemerkt?"

Konrad war so angespannt, dass ihm der Schweiß von der Stirn lief.

„Ja, verstanden. Aber hören Sie", stieß er hervor, „ich werde einem Freund Bescheid sagen, dass er die Polizei verständigen soll, wenn ich nach drei Tagen nicht zurück bin!"

Noch während er sprach, fragte er sich, ob es klug war, das gesagt zu haben und überlegte verzweifelt, wo der Haken an dem Plan des Drachen sein könnte. Wollte der Mann ihn betrügen? Aber bis jetzt klang alles ganz plausibel. Und wenn er sich in die Lage des Käufers versetzte und an das viele Geld dachte, konnte er dessen Plan sogar halbwegs nachvollziehen. Seine Drohung mit der Polizei war immerhin wenigstens etwas, was der eigenen Absicherung diente.

„Das ist mir gleich“, antwortete der Drache abrupt und legte auf.

16 Die halbe Wahrheit

Zwei lange Tage hatte Verena Ari nicht gesehen. In dieser Zeit hatte sie nachgedacht, ob sie sein Angebot annehmen sollte. Offiziell war das natürlich nicht möglich. Aber sie vertraute ihm. Und er wusste ohnehin so viel über den Fall, dass sie kaum eine Indiskretion beging, wenn sie ihm gegenüber davon sprach. Die Gespräche mit ihm würden sie weiterbringen.

Schließlich rief sie ihn an und willigte ein.

„Also gut Ari, ich nehme deine Hilfe bei meinen Ermittlungen an."

„Das freut mich! Wollen wir uns zu einem Spaziergang verabreden, wenn du mit der Arbeit fertig bist? Am Spreeufer gegenüber vom Dom?", fragte Ari prompt.

Verena musste schmunzeln. Er hatte ihre Affinität für Spaziergänge nicht vergessen.

„In Ordnung."

„Ich hole dich ab."

Verena und Ari schlenderten an der Spree entlang. Ihren Kollegen Haase hatte Verena gebeten, sie nach Möglichkeit an diesem Abend nicht mehr zu stören.

„Nur im Notfall, hörst du?"

Haase hatte versprochen, sich daran zu halten.

In der heraufziehenden Dämmerung wagte Verena, Ari zu fragen, wie lange er eigentlich vorhätte, noch in Berlin zu bleiben.

„Das kommt darauf an", entgegnete er.

„Worauf?"

„Wie lange du mich erträgst, nicht wahr? Erst einmal habe ich dir ja meine Unterstützung zugesagt, und daran halte ich mich auch. Das heißt, ich werde mindestens so lange bleiben, bis der Fall gelöst ist. Und dann, danach …", er machte eine bedeutsame Pause, blieb stehen und sah Verena in die Augen, „danach würde ich dich gern fragen …"

Verena hielt die Luft an.

Ein schriller Klingelton unterbrach die Spannung zwischen ihnen.

„Entschuldigung", murmelte Verena und nahm ab. „Mayer-Galotti?"

„Hier ist Ralf, ich wollte dir ..."

Verena war sofort auf Hundertachtzig. „Ralf, was ist das denn! Ich habe Feierabend und ausdrücklich darum gebeten, nur im Notfall angerufen zu werden."

„Dies ist ein Notfall. Aber dein kleiner Haase traut sich nicht, dich anzurufen, weil er nicht weiß, ob es wichtig genug ist. Daher tue ich es."

„Was ist denn passiert?"

„Die Kollegen haben den ‚Affen' gefunden. Er ist hier. Und heißt tatsächlich Hans Müller. Du glaubst es nicht, er sieht allen Ernstes genauso widerwärtig aus wie auf dem Phantombild. Und die Waffe haben sie auch. War in seiner Wohnung. Wurde uns eben reingebracht. Es ist noch nicht amtlich, aber ich verwette meinen Hintern, dass es die Waffe ist, aus der die Kugel in Frau Zöllners Kopf stammt."

„Das klingt vielversprechend!“, rief Verena.

„Da kannst du ja gleich herkommen und ihn verhören, oder?“

„Das mache ich gleich morgen früh, Ralf! Sag Haase, er soll dazukommen!“

„So, so. Bist also beschäftigt ...“, erwiderte Ralf hörbar gekränkt.

„Ich bin in einer Unterredung mit Ari Kelch.“

„So nennt man das jetzt? Unterredung?“

Verena wäre um ein Haar explodiert. „Bitte, gib es auf, Ralf, ja?“

„Aber ...“

Sie legte auf.

Ari schmunzelte. „Ein Verehrer?“

Und als Verena, die noch damit beschäftigt war, ihren Ärger abzuschütteln, nicht antwortete, setzte er hinzu: „Ich kann ihn gut verstehen.“

Verena war so nervös, dass sie einfach weiterging. Energischen Schritts lief sie vor Ari her. Er schwieg und schien auf eine Erwiderung ihrerseits zu warten, aber sie wollte jetzt nicht auf sein letztes Kompliment eingehen. Dafür war sie viel zu durcheinander.

„Es gibt etwas Neues“, sagte sie stattdessen. „Wir haben den mutmaßlichen Mörder von Frau Zöllner – und vielleicht auch von Bock.“

„Donnerwetter! Das ist ja großartig!“, rief Ari. „Was für ein Erfolg! Das ist doch mindestens einen Kaffee wert, wenn nicht sogar eine Feier, oder?“

„Na ja, es ist noch nicht amtlich", wiegelte Verena ab. „Aber gegen einen Kaffee hätte ich nichts."

Sie ließen sich in einem loungeartigen Café nieder, in dem man nicht nur Kaffee trinken sondern auch etwas essen konnte.

Kaum war der Kellner mit fragendem Blick an ihren Tisch getreten, bestellten sie wie aus einem Mund beide dasselbe: Cappuccino. Sie schauten sich einen Moment überrascht an und lachten herzlich los.

Verena nippte leicht an dem Milchschaum, in vorsichtiger Erwartung des heißen Kaffees darunter. Anschließend leckte sie sich die Reste dezent von der Oberlippe. Als sie aufsah, bemerkte sie, wie Ari sie amüsiert beobachtete.

„Der Fall ist also geklärt?", fragte er.

„Nein. Natürlich nicht. Ich werde den Beschuldigten morgen vernehmen, dann sehen wir weiter."

„Und wer ist es?"

Sie berichtete ihm, was Ralf ihr erzählt hatte.

Ari hörte aufmerksam zu.

Da klingelte wieder ihr Handy. Verena schaute auf das Display und stöhnte: „Schon wieder! Meine Güte, wie der Typ nervt! Ich gehe nicht ran."

„Aber vielleicht ist es etwas Wichtiges", mutmaßte Ari.

Verena atmete tief durch. Sie konnte nicht mit Worten beschreiben, wie sehr sie Ralf gerade verabscheute. Widerwillig nahm sie das Gespräch an.

„Was gibt's?", fragte sie unwirsch.

„Du bist in einer Unterredung, ich weiß."

„Was ist los?"

Ari sah diskret in eine andere Richtung, als wolle er ihr einen ungestörten Raum für das Telefonat überlassen.

„Kannst du reden?"

Verena lehnte sich zurück. „Natürlich kann ich reden, wieso?"

Aus dem Augenwinkel sah sie ein belustigtes Zucken um Aris Mund.

„Weil ich da eine neue Information über meinen Nebenbuhler habe." In Ralfs Stimme schwang eindeutig freudige Befriedigung mit, fast Triumph. „Dieser Ari Kelch ist nämlich kein unbeschriebenes Blatt. Vielleicht solltest du das wissen, bevor du dich in etwas verrennst. Er ist der Sohn von Sharon und Mosche Kelch, die von 1942 bis 1945 im KZ Mauthausen Zwangsarbeit leisten mussten ..."

Verenas Rücken verhärtete sich. Sie stand nun doch auf, überdeckte das Mikrofon des Handys mit der freien Hand und flüsterte Ari zu: „Entschuldige mich kurz."

Ari winkte verständnisvoll ab. Verena ging vor die Tür des Cafés.

„Und?", fragte sie knapp.

„Nun", begann Ralf geradezu genüsslich, „meine Recherchen haben noch etwas Anderes ergeben. Etwas Interessantes. Die Eltern des Herrn Kelch waren Kunstsammler. Sie hatten einige sehr wertvolle Bilder in ihrem Besitz. Unter anderem zwei von Van Gogh. Na, was sagst du jetzt?"

„Aha“, erwiderte Verena kalt und beiläufig. Aber in ihrem Kopf legte sich ein Schalter um und ihr Gehirn fing aufgewühlt an zu arbeiten.

„Das ist alles?“, fragte Ralf fassungslos.

„Was erwartest du denn?“

„Verena, ich weiß zwar nicht, wie das zusammenhängen könnte, aber ein Zufall ist das nicht, oder? Ehrlich, überleg doch bitte mal!“

Verena atmete tief ein. „Danke für die Info, Ralf. Schönen Abend noch.“

Sie beendete das Gespräch und ging zögerlich zurück ins Café. Ihr Magen drückte leicht. Warum hatte Ralf das recherchiert? Eifersucht? Übertriebene Arbeitswut? Egal warum, ignorieren konnte sie diese Informationen jedenfalls nicht.

Langsam näherte sie sich Ari.

„Neuigkeiten?“ fragte er.

Sie sah in seine Augen. In diese klugen Augen mit dem zurückhaltenden Blick, der seine Sehnsucht nicht verbergen konnte. Glaubte sie. Aber verbargen sie vielleicht etwas ganz anderes vor ihr? Ein helles, strahlendes Blau. Ein arischer Typ, ging es ihr durch den Kopf, und sie tadelte sich selbst sofort für dieses idiotische Wort. Ein arischer Typ aus einer jüdischen Familie. Ein Typ voller Widersprüche.

„Ari“, begann sie, noch bevor sie auf dem Stuhl Platz genommen hatte, und sah ihn direkt an. „Wir müssen reden.“

„Aber gern“, erwiderte dieser.

Verena konfrontierte ihn ohne viel Umschweife mit Ralfs Rechercheergebnissen.

„Stimmt das?“, fragte sie hart.

Ari ließ sich nicht aus der Ruhe bringen.

„Ja“, sagte er langsam und konzentriert, als würde er sich jedes Wort genau überlegen. „Das stimmt.“

„Warum hast du mir das nicht eher gesagt?“

Ohne auf ihre Frage einzugehen, fuhr er fort: „Und die Sache mit den Van-Gogh-Bildern kann ich sogar präzisieren: Meinen Eltern hat das Bild *Maler auf dem Weg nach Tarascon* gehört.“

„Was!“ Verena glaubte sich verhört zu haben.

„Aber das ist noch nicht alles. Ich werde dir jetzt sagen, was ich weiß. Der Großvater von Konrad Bessi, Georg Bessi, hat meine Eltern in Mauthausen gequält. Sie haben zwar überlebt, aber sie waren gebrochene Menschen. Von den Folgen haben sie sich niemals erholt. Sie vermuteten immer, dass Georg Bessi auch etwas mit dem Diebstahl ihrer Van-Gogh-Bilder zu tun hatte. Er prahlte nämlich vor ihnen immer damit, dass er wüsste, wo sie sich befänden. Bis zu ihrem Tod haben meine Eltern vergeblich nach Bessi und den Bildern gesucht. Und deshalb habe ich diese Suche fortgesetzt. Und den Enkel gefunden. Konrad Bessi. Viele Jahre habe ich ihn beobachtet und herausgefunden, dass er eines der beiden Bilder hat. Nur – auf legale Weise konnte ich das nicht beweisen, verstehst du? Ich bin also an ihm drangeblieben. Und schließlich ergab sich die Gelegenheit, mich ihm als Detektiv anzubieten. Er wollte das Bild verkaufen. Das war meine Gelegenheit, ihn auf frischer Tat zu ertappen. Und das Bild wiederzubekommen."

Gespannt und fasziniert hörte Verena ihm zu. Warum jetzt, warum erzählt er das alles erst jetzt, fragte sie sich ständig, hütete sich aber, ihn zu unterbrechen. Das war tatsächlich eine ziemliche Sensation. Sie hoffte nur, dass er seinen Redefluss fortsetzen würde.

„Und da ist noch etwas ..."

„Ja?"

Ari zögerte.

„Es wäre gut, wenn du das erst mal für dich behältst."

„Ich denke, du hilfst mir bei dem Fall."

„Ja ... also pass auf: Georg Bessi hatte einen damals sehr jungen Freund bei der Gestapo, einen Komplizen. Sie hatten beide mit den Bildern zu tun. Ich gehe davon aus, dass dieser Komplize noch lebt. Und das zweite Bild in seinem Besitz hat. Er achtet sehr auf Diskretion, aber meine Recherchen haben ergeben, dass es einen Kunstsammler gibt, der sich ‚Drache von Tarascon' nennt."

„Was?", unterbrach ihn Verena. „Genau wie die E-Mail-Adresse des Opfers?"

„Ganz genau. Er ist im Kunsthandel bekannt und sammelt eine bestimmte Art von Kunst. Allerdings hält er sich sehr bedeckt. Niemand scheint ihn persönlich zu kennen. Und er hat meines Erachtens Konrad Bessi angeboten, das Bild zu kaufen. Als mich Bessi beauftragte, den ‚Drachen von Tarascon' zu überprüfen, dachte ich schon, die Spur würde mich ans Ziel führen. Stattdessen führte sie mich zu Randolf Bock. Daher kam meine Vermutung, dass

Randolf Bock ein Mittelsmann sei. Die Vermutung hat sich aber nicht bestätigt. Wenn der wahre ‚Drache' noch lebt, muss er mittlerweile sehr alt sein, aber ich würde alles darum geben, ihn zu fassen."

„Woher weißt du das alles über den Drachen ... über seine Geschichte ... über die Kunst, die er sammelt?", fragte Verena aufgebracht. „Ari, das ist doch ... das sind wertvolle Informationen in meinem Fall, warum erzählst du mir das alles erst jetzt?"

Ari verzog die Mundwinkel.

„Dreißig Jahre Recherche", entgegnete er. „Und meine freiwillige Mitarbeit in der Simon-Wiesenthal-Stiftung. Mein halbes Leben steckt da drin, verstehst du. Das alles hat mich viel Kraft und Zeit gekostet."

Verena war eine erfahrene Ermittlerin. Aber das Gefühlswirrwarr, das sich nun in ihr ausbreitete, war ihr neu. Ari machte auf sie auch jetzt noch einen von Grund auf vertrauenerweckenden Eindruck. Sie erwischte sich sogar bei dem Gedanken, dass sie ihm ihr Leben anvertrauen würde – etwas, worüber eine Polizistin immer wieder mal gezwungen war nachzudenken. Aber während er geredet hatte, hatte sie gespürt, dass er immer noch ein Geheimnis hütete.

Es war absurd – je mehr er von der Wahrheit preisgab, desto größer wurde ihre Gewissheit, dass diese Wahrheit nur ein Teil von etwas noch viel Größerem war. Ja, dass er ihr das alles nur erzählt hatte, um etwas anderes vor ihr geheim zu halten. Verbarg sich hinter diesen hellen Augen, die so transparent wirkten, dass man meinte bis auf den Grund sehen zu können, ein knallhartes Kalkül?

„Interessant“, sagte sie vorsichtig. „Du allein, als rächender Privatmann.“

Ari sah sie durchdringend an.

„Genau“, entgegnete er.

Und Verena ahnte, dass er in diesem Moment log.

Ein beredtes Schweigen entstand. Sekundenlang wagte keiner von ihnen etwas zu sagen. Verena haderte mit sich. Sie schwankte zwischen Vorsicht und Anziehung.

Was genau verschwieg er? Und warum? Und würde sie alles erfahren, wenn sie ihm noch ein wenig Zeit gäbe? Wenn sie weiter geschickte Fragen stellte? Jetzt kam es also darauf an, dass sie sich ausschließlich auf ihren Beruf konzentrierte, sich durch nichts mehr ablenken ließ. Und genau das hätte sie in der Nähe dieses Mannes so gern einmal gelassen!

Sie hatte das Gefühl, dringend eine Auszeit zu brauchen, steckte sich eine Zigarette zwischen die Lippen und kramte nach ihrem Feuerzeug.

„Darf ich?", fragte Ari, während er ihr, ohne eine Antwort abzuwarten, Feuer gab.

Verena seufzte. Nicht mehr lange, und dieser Mann würde auch die letzten Mauern ihres Widerstandes zum Einstürzen bringen. Und was dann geschehen würde, darüber wagte sie gar nicht erst nachzudenken.

„Danke", sagte sie und bemühte sich um einen besonders sachlichen, knappen Tonfall. Doch wahrscheinlich hatte er sie längst durchschaut.

„Ausgerechnet deinen Eltern hat also dieses Bild gehört …", murmelte sie.

„Komm Verena", sagte er versöhnlich. „Lass uns Feierabend machen. Wir können noch viel darüber reden, okay? Ein anderes Mal."

„Ja, es ist spät."

„Und das ist unser Abend. Wir müssen doch noch deinen Erfolg feiern!"

„Meinen Erfolg?"

„Die Festnahme. Das ist doch ein Grund, noch etwas zu feiern, oder? Hast du eigentlich schon einmal Tango getanzt?"

„Tango? Ich? Nein, ich kann überhaupt nicht tanzen", wehrte Verena ab.

„Wie kannst du das wissen, wenn du es noch nie versucht hast?" Er grinste sie an. „Außerdem führt beim Tango in der Regel der Mann, die Frau muss ihm nur folgen, dazu braucht sie gar keine begabte Tänzerin zu sein."

„Ach ja?" Verena fand seinen Themenwechsel ziemlich abrupt. „Das klingt mir aber sehr nach Macho-Tum."

„Das mögen manche so sehen. Ich nicht. Tatsächlich lieben gerade die Berliner, besonders die Berlinerinnen, den Tango mehr als alle Anderen, wusstest du das?"

„Ist das so?"

„In der Tat. Berlin ist nach Buenos Aires die weltweit zweite Tango-Hochburg." Ari stand galant auf und verbeugte sich lächelnd vor ihr. „Gnädige Frau – bitte erweisen Sie mir die Ehre eines gemeinsamen Tanzes."

Verena musste schmunzeln. Trotz seiner mitunter etwas oberlehrerhaften Art, die sie normalerweise an Menschen überhaupt nicht leiden konnte, schaffte dieser Mann es doch immer wieder, sie zu beeindrucken. Eine solche Mischung aus Höflichkeit, Weltgewandtheit und Humor war ihr noch nie untergekommen. Sie erinnerte sich daran, dass sie unbedingt professionell bleiben musste! Gleichzeitig merkte sie, wie es immer mehr in ihr zu kribbeln begann.

„Komm schon“, sagte Ari, „ich bezahle und dann fahren wir auf eine der schönsten Milongas von ganz Berlin.“

„Ich weiß nicht ...“

„Nun sag schon ja.“ Ari schnurrte geradezu. „Wenn es dir nach den ersten drei Tänzen dort nicht gefällt, fahre ich dich sofort nach Hause oder ins Büro, wohin immer du willst.“

„Drei Tänze?“, fragte Verena irritiert. „Warum drei und nicht einer?“

„Seine Tanzpartnerin nach dem ersten Tango stehen zu lassen, gilt als ausgesprochen unhöflich. Alle Tangueros fühlen sich verpflichtet, mit jeder Tanzpartnerin mindestens drei Tänze zu tanzen.“

Verena rang mit sich. Einerseits war das alles sehr verführerisch. Es reizte sie, ja zu sagen. Es einfach einmal auszuprobieren. Andererseits war sie noch immer mit ihrem Misstrauen Ari gegenüber beschäftigt. Da kam ihr eine geniale Idee. Sie konnte diese Gelegenheit doch nutzen, um Ari ganz nebenbei entscheidende Fragen zu stellen. Beim Tanzen würde er seine Vorsicht vielleicht fallenlassen.

„Überredet“, sagte sie fröhlich. „Ich versuche es. Aber ich werde dir nichts versprechen. Und wenn es mir dort missfällt, gehe ich umgehend wieder. Sofort.“

„Claro“, erwiderte Ari, und seine Augen funkelten vor Freude.

Eine halbe Stunde später parkten sie mitten im Wedding auf einem großen Hinterhof.

Verena schaute sich ungläubig um. „Hier soll Tango getanzt werden?“

„Ja, ich habe schon gehört, dass Wedding nicht so einen guten Ruf hat. Auch der Tango war einst verrufen, bevor er salonfähig wurde“, meinte Ari, während sie in einem alten Fabrikgebäude drei Etagen hochstiegen.

Plötzlich fanden sie sich in einer großen Halle wieder, in der Dutzende von Paaren in grazilen Posen voll verhaltener Erotik miteinander tanzten. In der Mitte des Raumes thronte ein alter, schwarzer Flügel. Und überall an den Fabrikfenstern standen brennende Kerzenleuchter, während aus den Lautsprechern die melancholischen Klänge eines Bandoneons ertönten.

Verena wurde unwillkürlich in den Bann dieser ganz besonderen Atmosphäre gezogen. Gleichzeitig fühlte sie sich ein wenig fehl am Platz. Während sie selbst Jeans und Blazer trug, waren die meisten Frauen in schöne Kleider oder schwingende Röcke gehüllt. Andere wiederum trugen zart flatternde, seidige Haremshosen mit raffinierten seitlichen Eingriffen, die beim Tanzen kurze Einblicke auf die grazilen Oberschenkel ihrer Trägerinnen gewährten.

„Wollen wir?“, fragte Ari, griff nach ihrer Hand und zog sie sanft auf die Tanzfläche. Er umfasste sie zart aber spürbar.

Anfangs starrte Verena noch unsicher auf ihre Füße.

Doch Ari ermahnte sie: „Nicht nach unten schauen, Señora! Schau auf mein Schlüsselbein, ja, genau, so ist's gut.“

Die ersten Schritte fielen ihr schwer. Sie war völlig verkrampft. Doch mit jedem Schritt, mit jeder Bewegung, zu der Ari sie ganz ohne Worte verleitete, fügte sie sich besser in den Takt ein und wurde immer sicherer. Wie von Zauberhand geleitet, folgte Verena seinen eleganten Bewegungen in völligem Gleichklang. Sie spürte den Tango, vor allem aber Ari, mit all ihren Sinnen. Eine angenehme Wärme ging von ihm aus. Verena schloss für einen Moment die Augen, sog seinen herb-holzigen Geruch in sich ein und genoss seine Berührungen.

Sekunden später öffnete sie die Augen und blickte auf das, was ihr mittlerweile schon so vertraut war: Aris schelmischer Blick, seine wachen, blauen Augen und eben die zartrosa Narbe über der rechten Augenbraue. Wo er die wohl her hatte? Die verblichene Narbe sah aus, als stamme sie aus einer Kampfhandlung. Einem Schlusswechsel vielleicht. Ob er sich in all den Jahren als Privatdetektiv auch in Gefahr begeben hatte? Sie sollte ihn mal nach dieser Narbe fragen.

Ari bemerkte ihren Blick.

„Nicht in mein Gesicht schauen", ermahnte er sie sanft. „Sieh' lieber auf meine Schultern. Dann kannst du meiner Führung leichter folgen."

„Führung, wie das klingt", sagte Verena mit leicht spöttischem Unterton. Insgeheim jedoch genoss sie es, endlich einmal die Verantwortung abzugeben und sich tatsächlich führen zu lassen. Und sei es nur für einen Tanz.

Sie schielte auf das Tanzpaar neben ihnen, das Wange

an Wange und mit eng aneinander gelehnten Oberkörpern in scheinbarer Schwerelosigkeit über das Parkett glitt.

„Was ist denn das für ein Tango?“, fragte sie, und deutete auf das Pärchen.

„Das ist die innige Umarmung, sie nennt sich Tango de Salon“, entgegnete Ari. Und als habe er ihre Sehnsucht geahnt, zog jetzt auch er sie ganz eng an sich heran, und Verena fühlte, wie sie miteinander verschmolzen. Zu ihrer eigenen Überraschung gelang es ihnen, trotz der großen physischen Nähe weiterhin synchron miteinander zu tanzen.

Verena genoss dieses Schweben. So wohl und geborgen hatte sie sich schon seit Ewigkeiten nicht mehr gefühlt. Und auch schon lange nicht mehr so sehr als Frau. Ari führte hervorragend, seine Umarmung war fest und liebevoll. Der Rhythmus der Schritte, die Musik, Aris Körperwärme … das alles war einfach wunderbar.

Irgendwo rollte ein Glas über den Boden. Verena schreckte irritiert auf. In diesem Moment fiel ihr ein, dass sie die gemeinsame Tanzstunde doch hatte nutzen wollen, um Ari Fragen zu stellen. Sofort kramte sie in ihrem Gehirn nach guten Formulierungen. Doch so sehr sie sich bemühte, ihr fiel nicht eine einzige sinnvolle Frage ein. Außer vielleicht der nach der Herkunft seiner Narbe. Aber das passte doch nicht. Nicht jetzt. Irgendwie schien ihr Kopf nicht mehr richtig funktionieren zu wollen. Und wenn sie ehrlich war, fand sie das sogar in Ordnung. Sie wollte sich jetzt gar nicht auf die Suche nach einer Frage zu diesem Fall machen. Hatte das nicht alles Zeit? Zur Arbeit musste sie früh genug wieder. Aber dies hier war viel zu selten und viel zu kostbar. Wann hatte sie das letzte Mal getanzt? Nicht einmal darauf konnte sie sich besinnen.

Und Verena erteilte sich die Erlaubnis, sich endgültig auf diesen Mann einzulassen. Sie drückte sich noch etwas fester in Aris Arm, der den Druck freudig erwiderte, und gab sich dem Tanz hin.

Sie mussten sehr lange so innig miteinander über das Parkett geschwebt sein. Auf einmal bemerkten sie, dass sie das letzte Paar auf dieser Milonga waren.

„Oh, ich fürchte, irgendwann wollen auch die Besitzer des Lofts einmal schlafen gehen", flüsterte Ari ihr ins Ohr.

„Nein, Ari, lass mich nicht los, bleib noch …"

„Ja?"

„Bleib diese Nacht mit mir zusammen, bitte."

Ari sah ihr erst etwas überrascht, dann aber voller Wärme in die Augen.

„Natürlich", erwiderte er heiser. „Was könnte ich auch anderes tun?"

18 Zur Feier des Tages

Der neunzehnte Juni war auch in Bariloche ein Tag zum Feiern. Das angekündigte Geld war tatsächlich überwiesen.

Nachdem der Mann am Schalter das Passwort erfragt hatte, zog er sich für einen Moment in die hinteren Räume zurück. Bald darauf kam er wieder und bat um etwas Geduld.

Eine Stunde später verließ Konrad mit der kompletten Auszahlung die Bank.

Konrad konnte es kaum fassen. Es hatte funktioniert.

Zuhause angekommen, buchte er sofort via Internet für den übernächsten Tag einen Flug nach Tarascon. Anschließend legte er den Koffer auf den Tisch, öffnete ihn, betrachtete zufrieden die Scheine und teilte das Geld durch vier.

Ein Viertel verstaute er in seinen eigenen Safe. Jeweils eine viertel Million brachte er auf zwei verschiedene Konten. Und mit dem verbliebenen Rest des Geldes machte er sich auf den Weg zu Martin.

„Martin, pass auf. Mir ist der Verkauf des Bildes gelungen. Endlich!“ Er legte die Stapel mit den Geldscheinen auf den Wohnzimmertisch. „Dies ist ein Teil der Anzahlung. Ich möchte, dass du das Geld bei dir unterbringst. Wenn mir etwas passiert, gehört es dir.“

Fassungslos starrte Martin abwechselnd das viele Geld und seinen Freund an.

„Warum sollte dir etwas passieren?“, fragte er besorgt.

„Ich reise übermorgen nach Tarascon. Dort soll die Übergabe sein. Und ich weiß ehrlich gesagt nicht genau, was mich dort erwartet. Vielleicht läuft etwas schief.“

„Kannst du das Bild nicht schicken?“

„Das will er nicht.“

„Wer?“

„Na der, den du und Pereira mir vermittelt habt! Der, der sich ‚Drache von Tarascon‘ nennt.“

„Aber du hast doch gesagt, er wollte den Kauf nicht. Nun also doch?“

„Ja, nun doch. – Ich bin aufgeregt, Martin. Aber es wird schon klappen.“

Martin lächelte. „Querido, das ist doch ein Grund zum Feiern! Wenn du übermorgen abreist, lass uns doch morgen noch eine Party geben!“

Konrad überlegte. Lieber hätte er erst gefeiert, wenn er das Ganze hinter sich gebracht haben würde. Aber wenn er das jetzt anspräche, würde sich Martin nur unnötig beunruhigen und unangenehme Fragen stellen. Und warum eigentlich nicht? Solch eine Feier und die vielen Leute würden ihn wunderbar ablenken. Und leisten konnte er sich eine Party jetzt allemal. Außerdem – vielleicht würde es seine letzte sein …

„Okay“, erwiderte er.

Martin und Konrad luden zirka zwanzig Gäste für den nächsten Abend ein, und bestellten ein opulentes Catering beim Delikatessenladen Familia Weiss mit all ihren Lieblingsleckereien: Kaviar, Trüffelleberwurst, Chorizo und Schwarzwälder-Kirsch-Törtchen.

Am nächsten Morgen dekorierten sie Konrads Haus. Sein wertvolles Bild hängte Konrad von der Wand im Schlafzimmer ab und versteckte es, wie immer, wenn Besuch kam. Stattdessen befestigte er eine kleine Lichtinstallation von James Turell über dem Bett, die er einem Schweizer Großwinzer im argentinischen Hochland abgekauft hatte.

Auf dem Balkon und der Terrasse des alpinen Hauses, die sich zum See hin öffneten, entzündete Martin mehrere kleine, gasbetriebene Lagerfeuer in Steinschalen, damit niemand der Gäste frieren müsste. Die großen Fenster des Wohnzimmers, die ebenfalls den Blick auf den Nahuel Huapí See, die grünen Wälder und die weißen Gipfel der Anden freigaben, schmückten sie gemeinsam mit silbernen Schneeflocken.

Die ersten Freunde, die eintrafen, waren aus der Theaterszene. Sie erkundigten sich neugierig, wie Konrads Vorsprechen gelaufen sei. Einer von ihnen, José, war selbst scharf auf die Rolle des Revisors und stellte sein Konkurrenzdenken offen zur Schau.

„Vergib mir“, sagte er zu Konrad. „Du weißt, dass ich dir die Rolle gönne, aber mir selbst gönne ich sie noch mehr!“ Er lachte laut.

Konrad winkte ab.

„Ich weiß sowieso nicht, ob das Theater das Richtige für mich ist. Aber dieses Stück ist es ganz sicher nicht! Ich denke, du hast gute Chancen, die Rolle zu bekommen!"

Mit diesen Worten hob er das erste Glas Champagner in die Höhe, salutierte José zu und trank es in einem Zug aus.

Martin, von den Vorbereitungen noch etwas erschöpft, stand etwas abseits am Fenster und beobachtete Konrad skeptisch. Noch bis vor Kurzem war es doch Konrads größter Traum gewesen, eine Theaterrolle zu bekommen. Und plötzlich war das nicht mehr wichtig? Sein Freund wirkte schon den ganzen Tag aufgedreht, fast manisch. Und auch jetzt schien er ihm eher nervös als fröhlich. Etwas stimmte da nicht. Als er am Nachmittag noch einmal versucht hatte, mit ihm über die Reise nach Tarascon zu sprechen, hatte er eine Abfuhr erhalten. Martin glaubte deutlich zu spüren, dass Konrad Angst hatte. Aber wovor?

Zwei weitere Gäste kamen extra aus El Bolson. Ein junger Künstler, einer der Organisatoren des dortigen Flohmarktes und Fabio, der Barbesitzer.

„¡Hola! Entschuldigt, dass ich euch bei eurem letzten Besuch nicht aufnehmen konnte!", war das Erste, was ihm entfuhr, als er Konrad und Martin begrüßte. „Ihr wisst, mein Haus ist euer, aber ausgerechnet in dieser Woche …"

„Keine Sorge, Fabio!", erwiderte Konrad. „Das mit dem Besuch hatte ich schon gehört. Das verstehen wir doch. Und? Was gibt's Neues in El Bolson? Wie läuft die Bar?"

„Gut. Aber vorgestern gab es einen Raubmord im Künstlerviertel."

„Was?"

„Ja, eine junge Galeristin wurde umgebracht. Eine merkwürdige Sache ist das. Angeblich hatte sie nämlich im Schaufenster ein Bild von Hitler ausgestellt und überall herumerzählt, dass es von ihm sei. Ist das verrückt? Und vorgestern, kurz vor Ladenschluss, wurde sie in der Galerie getötet und das Bild ist seither verschwunden."

Konrad schluckte.

„Gibt es schon Hinweise auf den Täter?"

„Nein, die Polizei untersucht den Fall noch. Sie haben alle Galerien belagert und fragen uns Löcher in den Bauch. Ich sage euch, das nervt."

Konrad schüttelte den Kopf.

„Diese Schwätzerin", sagte er leise.

„Wie, du kanntest sie?"

Konrad nickte und erzählte Fabio von seinem und Martins Besuch in ihrer Galerie.

„Oje", war Fabios ganzer Kommentar. Und dann fragte er: „Wo habt ihr eigentlich den Champagner?"

Konrad führte ihn in die Küche, wo neben den üppigen Cateringplatten die gefüllten Sektkühler standen.

„Weißt du mehr darüber?", erkundigte er sich.

„Oh, Chorizo und Kaviar! Vortrefflich! Und die Törtchen! Von Familia Weiss?", schwärmte Fabio. „Du hast dich ja mal wieder mächtig in Unkosten gestürzt, Boludo!" Er langte nach einem Teller und belud ihn mit Leckereien. „Worüber?"

„Über die Frau, die ermordet wurde."

„Nein, nichts. Ich kannte sie nicht", wiegelte Fabio ab. „Du siehst ja ganz mitgenommen aus, mein Lieber. Ich hätte es nicht erzählen sollen. Komm, lass uns feiern und die Sache vergessen."

Konrad schenkte erst Fabio und dann sich selbst ein Glas Sekt ein, und stieß mit ihm an.

„Auf das Leben!"

„Auf den Moment!"

Später am Abend sprach Martin Konrad noch einmal auf den Mord in El Bolson an.

„Was bedeutet das, Konrad? Hatte die Frau also doch Recht?"

„Wieso", gab Konrad unwirsch zurück. „Sie kann aus allen möglichen Gründen umgebracht worden sein, oder? Das muss doch mit dem Bild gar nichts zu tun haben."

Er goss sich noch ein Glas Champagner ein und trank es gierig aus.

„Wo wohnt dieser Drache eigentlich?", fragte Martin nachdenklich.

„Auf einem Schloss in Tarascon. Mehr weiß ich nicht."

„Du hast keine Adresse von ihm? Gar nichts? Mir gefällt das nicht!"

„Ich will das Bild verkaufen."

„Ja, aber … Hör mir zu, Konrad, du meldest dich sofort, wenn du auf dem Schloss angekommen bist, okay? Wir bleiben in Verbindung?"

„Ja."

„Versprichst du mir das? Wenn du dich nach drei Tagen nicht gemeldet hast, verständige ich die Polizei!"

„Versprochen", sagte Konrad. „Aber jetzt hör endlich auf damit, den Teufel an die Wand zu malen."

Sie stießen noch einmal an und gingen tanzen.

19 Das unlautere Verhör

Der zwanzigste Juni war ein sonniger Tag, der warm zu werden versprach.

Verena saß im Auto und fühlte sich trotz des Staus nicht gestresst. Sie hatte mit Ari zusammen in dessen Hotelzimmer gefrühstückt und den Tag ausnahmsweise einmal langsam angehen lassen. Gemeinsam hatten sie beschlossen, dass sie zuerst aufs Revier fahren sollte, um Hans Müller zu verhören und sich danach bei Ari melden würde. Vielleicht wollten sie dann noch etwas unternehmen.

Verena blickte auf die Zigaretten in der Konsole und hatte plötzlich das Bedürfnis, sie zu entsorgen, das Auto zu reinigen und ihr Leben von Grund auf neu anzufangen. Dieser Tag war wie geschaffen dafür!

Sie lächelte und ließ die schönen Bilder der vergangenen Nacht vor sich ablaufen wie einen Film.

Auf dem Revier angekommen, suchte sie zunächst nach Ralf. Sie hatte das dringende Gefühl, mit der Reinigung ihres Lebens auf der Stelle anfangen zu müssen.

„Was gibt's?", fragte Ralf mürrisch. An ihrem Gesichtsausdruck erkannte er, dass etwas Unangenehmes auf ihn zukam.

„Hör' zu, Ralf, ich möchte dir etwas sagen. Ich habe zwar kein Interesse an einer Beziehung mit dir, schätze dich aber sehr als Kollegen. Und ich bin dir dankbar, dass du mir von der Festnahme Hans Müllers und von deinen

Recherchen über Ari Kelch erzählt hast. Aber eins musst du wissen: Ich wünsche keine Essenseinladungen und sonstigen Annäherungsversuche mehr von dir. Okay?"

So, jetzt war es raus. Klar und deutlich.

Ralf schluckte und biss sich auf die Unterlippe. Es war das erste Mal, dass Verena ihn für einen Moment sprachlos erlebte.

„Danke für deine Direktheit", presste er schließlich zerknirscht hervor, wandte sich beleidigt ab und meinte: „Ich habe zu tun, wenn du mich entschuldigst. Aber du machst einen Fehler. Du wirst schon sehen!"

Das wird eine Weile dauern, bis er mir mal wieder hilft, dachte Verena und seufzte.

Das Verhör von Hans Müller sollte im Beisein eines Anwalts stattfinden. Doch als Verena den Raum betrat, war von diesem weit und breit nichts zu sehen.

Verena setzte sich und wartete.

Nach einer Weile kam Haase dazu.

„Der Anwalt noch nicht da?", fragte er.

„Du weißt doch, die Leute lassen gern auf sich warten", meinte Verena. „Vermutlich schmeichelt das dem Ego."

„Hoffentlich sitzen wir nicht den ganzen Tag hier", gab Haase zurück.

Hans Müller wurde von zwei Aufsichtsbeamten hereingeführt und nahm auf dem Stuhl ihnen gegenüber Platz. Er machte einen stupiden, teilnahmslosen Eindruck.

Haase nickte den Aufsichtsbeamten zu und sie verließen den Raum.

Während die drei auf den Anwalt warteten, machte sich unbehagliches Schweigen breit. Müller saß da, starrte vor sich hin und schien nicht im Mindesten nervös.

Verena lehnte sich vor und überprüfte, ob das Aufnahmegerät ordentlich angeschlossen war. Sie drückte auf den Aufnahmeknopf, schaltete ihn aus, an, aus, an, aus ...

„Die Mühe machen Sie sich umsonst", sagte Hans Müller plötzlich. Er hatte eine unangenehm näselnde Stimme.

„So?", fragte Verena. „Warum?"

Sie wusste, dass sie bis zum Eintreffen des Anwaltes warten musste. Dass sie sich noch gar nicht mit dem Verdächtigen unterhalten durfte. Trotzdem sprach sie weiter.

„Die Beweise sind eindeutig, Herr Müller. Frau Zöllner hat bezeugt, dass Sie am fünften Juni im Hotel Adina waren. Sie sah, wie Sie das Hotel betraten und wie Sie sich mit dem Opfer Randolf Bock auf dem Balkon prügelten."

„Die kann gar nichts bezeugen. Die ist tot."

„Woher wissen Sie das?"

„Habs in den Nachrichten gesehen."

„Ja, die Zeugin ist tot. Aber sie hat uns eine schriftliche Aussage über ihre Beobachtungen und ein sehr eindeutiges Phantombild hinterlassen."

„Das wird auch nichts nützen." Müller lehnte sich zurück und blickte ihr frech ins Gesicht.

„Meinen Sie. Das Phantombild allein vielleicht nicht, aber wie wäre es hiermit?"

Mit diesen Worten nahm Verena ihre Tasche vom Fußboden, griff hinein und legte die eingeschweißte Patronenhülse auf den Tisch.

„Das hier sind die Überreste der Patrone, die Frau Zöllner getötet hat. Eine Patrone der Marke Kimber 45 – und das", dabei legte sie die halbautomatische Handfeuerwaffe, ebenfalls in Plastik, auf den Tisch, „ist die dazugehörige Waffe, die in Ihrem Besitz aufgefunden wurde, Herr Müller."

Müller schaute so gelangweilt auf die Waffe, als hätte sie ein Wurstbrot auf den Tisch gelegt.

Schließlich griff Verena noch einmal in ihre Tasche und holte eine foliengeschützte Quittung heraus.

„Und das, Herr Müller, ist der Durchschlag der Quittung, die Ihnen der Verkäufer Iwan Setschko bei Frankonia für die Waffe ausgestellt hat."

Müller sah immer noch sehr lässig auf den Tisch und zuckte nur mit den Schultern. Er schien sich seiner Sache so sicher zu sein, dass Verena allmählich unbehaglich zumute wurde.

„Pah! Das müssen Sie alles beweisen können", knurrte er. „Ich werde einfach sagen, dass mir die Waffe nicht gehört, und fertig. Dann können Sie gar nichts machen. Oder haben Sie etwa Fingerabdrücke von mir gefunden?"

Verena spannte sich. Sie spürte geradezu körperlich, wie ihr Kollege auf der Hut war und sie anstarrte.

„Mag sein, dass Sie auf der Waffe keine Fingerabdrücke hinterlassen haben. Sie scheinen das ja sehr genau zu wissen. Aber dann sollten Sie auch wissen, dass es heutzutage noch andere Methoden gibt, Herr Müller. Wir brauchen lediglich die Ergebnisse der DNA-Untersuchung abzuwarten. Sie haben ja gestern eine Speichelprobe abgegeben, nicht wahr? Diese wird derzeit gegen alle fremdartigen Substanzen an den Opfern, sowohl an Randolf Bock als auch an Magdalena Zöllner, überprüft. Ich bin mir sicher, wir werden fündig werden. Sie nicht?"

Sie hatte den Eindruck, dass Müller jetzt zumindest eine Spur von Nervosität zeigte.

Trotzdem sagte er nur: „Wir werden sehen."

Haase stieß Verena jetzt unter dem Tisch mit dem Fuß an. Sie wusste warum. Sie sollte aufhören. Es konnte ziemlichen Ärger geben, wenn der Anwalt kam.

Aber Verena war in Fahrt geraten und nicht mehr gewillt, das Heft jetzt aus der Hand zu geben.

Sie beugte sich vor und sprach in fast mütterlichem Ton weiter: „Sagen Sie, was mich interessiert, Herr Müller: Sie sind doch kein bösartiger Mensch. Das sieht man doch. Was hatten Sie eigentlich für ein Motiv?"

Müller grunzte.

„Bei Frau Zöllner ist es mir klar. Die hat Sie gesehen. Die war gefährlich für Sie. Aber bei Randolf Bock? Was hat der Ihnen eigentlich getan?"

„Gar nichts, wenn Sie es genau wissen wollen!", entfuhr es Müller. „Ich kannte den Typen nicht. Ich sollte ihn lediglich umlegen."

Verena hielt die Luft an.

Haase warf ihr einen verdutzten Blick zu.

Jetzt nur keinen Fehler machen! Sie betete, dass der Anwalt nicht ausgerechnet jetzt zur Tür hereinkäme.

Möglichst gleichgültig entgegnete sie: „Aha. Verstehe ich das richtig, dass Sie von jemandem den Auftrag bekamen, Randolf Bock umzubringen?"

„Genau. Ich wurde beauftragt, ihn umzubringen." Müller sagte das, als sei er geradezu stolz darauf, dass jemand ihn eines solchen Auftrages für würdig befunden hatte.

„Das ist sehr interessant. Hören Sie zu: Wenn Sie kooperativ sind und uns nun auch noch sagen, wer Sie beauftragt hat, dann könnte für Sie eventuell eine Strafmilderung herausspringen", schlug Verena vor. „Natürlich nicht für den Mord an Frau Zöllner, aber für den an Randolf Bock. Überlegen Sie es sich. Vielleicht haben Sie dadurch die Chance, einer lebenslänglichen Strafe zu entgehen".

Sie wusste selbst, dass besagte Chance bei zwei Morden gleich Null war.

„Konrad Bessi", gab Hans Müller gelangweilt bekannt. „Er hat mich beauftragt."

In diesem Moment stürmte der Anwalt herein.

„Was ist denn hier los!", fuhr er Verena an. „Sie verhören meinen Mandanten ohne meine Anwesenheit?! Was fällt Ihnen ein! Na, umso besser. Das ist ja wohl eindeutig ein Verfahrensfehler!"

Und zu Müller gewandt, fuhr er fort: „Sie haben doch hoffentlich nichts gesagt?"

Müller schwieg.

„Ganz recht", gab Verena triumphierend zurück. „Ein Verfahrensfehler. Aber das macht wohl nun nichts mehr. So ein Geständnis ist schließlich unschlagbar, oder? Tja, tut mir leid, Herr … wie war noch Ihr Name? Sie wissen doch, manchmal müssen sich die Beschuldigten einfach etwas von der Seele reden."

Bei diesen Worten nahm sie das Aufnahmegerät vom Tisch und drückte auf den Aufnahmeknopf. Wie sich herausstellte, schaltete sie es dabei aus. Es war die ganze Zeit mitgelaufen.

Verena stand auf, rief einen Beamten in das Verhörzimmer und ließ Müller wegbringen. Der entsetzte Anwalt schrie noch eine Weile herum, dass die Sache ein Nachspiel haben würde. Aber Verena kümmerte sich nicht weiter um ihn und flüchtete mit dem Aufnahmegerät in ihr Büro, um es als Beweismaterial sicherzustellen.

Dort angekommen, stieß sie einen Seufzer der Erleichterung aus, legte das Gerät auf den Schreibtisch und wischte sich die Stirn.

Das war knapp gewesen und nicht ganz korrekt, aber letztlich hatte sie erreicht, was sie wollte. So einfach, wie es schließlich gelaufen war, hätte sie sich das Ganze nicht im Traum vorgestellt.

Sie befragte noch einmal ihr Gewissen, den Beschuldigten betreffend, befand es aber für sauber genug, um sich nicht weiter damit befassen zu müssen.

Haase, der ihr hinterhergekommen war, stürmte ins Zimmer.

„Sag mal, Verena, korrekt war das aber nicht, oder? Hast du keine Angst, dass der Anwalt dir einen Strick daraus dreht? Ich mein ja nur …"

„Das ist schon okay“, winkte sie ab. „Müller hätte sich doch früher oder später sowieso verquatscht. Und was den Anwalt betrifft, da mach dir mal keine Gedanken. Das lass ich ganz entspannt auf mich zukommen.“

Zufrieden schrieb sie ihren Bericht und erledigte noch ein paar kleine Ablagen. Dann griff sie zum Telefon und wählte Aris Nummer.

Ihr Herz machte einen kleinen Sprung, als er sich meldete.

„Hallo Ari, wie geht's?“

„Schön, dich zu hören, Verena! Ich hatte gar nicht erwartet, dass du dich so bald meldest! Bist du vorangekommen mit deinem Verhör?“

„Und ob! Stell dir vor: Müller hat den Mord an Bock gestanden. Es war ein Auftragsmord, sagt er. Und weißt du, wen er als seinen Auftraggeber benannt hat? Konrad Bessi! Was sagst du dazu?“

„Bessi?!“

„Wundert dich das?“

„Schon. Dann habe ich mich ziemlich in ihm getäuscht. Das hätte ich ihm nicht zugetraut, ehrlich gesagt. Unlautere Geschäfte, ja. Aber einen Mord … Und das Geständnis hast du so schnell bekommen – trotz Anwalt?“

„Naja“, Verena zögerte, „sagen wir mal, vor dem Anwalt.“

In ihre Freude, Aris Stimme zu hören, mischte sich plötzlich wieder eine eigenartige Irritation. Trotz seines Einwandes wurde sie das Gefühl nicht los, es wäre gar keine Neuigkeit für ihn gewesen, dass Bessi hinter dem Mord stand.

„Ach, so eine bist du.“ Ari lachte. „Vor dir muss man sich ja in Acht nehmen! Und wie geht's jetzt weiter?“

„Wir nehmen Kontakt zur argentinischen Polizei auf und lassen Bessi festnehmen.“

Die Verpackung des Bildes war ein Akt, aber dank der Ratschläge des Drachens wusste Konrad, wonach er suchen musste. Schließlich fand er einen Schalenbehälter für eine Snowboard-Ausrüstung, der groß genug war, um das Bild darin zu verstauen.

Das Personal am Flugschalter nahm sein Sportgepäck ohne viel Aufhebens entgegen. Wie abgesprochen erklärte er der Dame in Uniform, dass es sich um ein selbst gemaltes Bild handle.

Auf dem Flug versuchte Konrad seine Nervosität in Beck's Bier zu ertränken. Der Gedanke, dass sein millionenschweres Bild unversichert im Cargobereich mitflog, ließ seinen Adrenalinpegel beharrlich höher steigen. Zusätzlich wurde ihm, was den Handel mit diesem ominösen Anrufer betraf, immer mulmiger zumute. Jedes Mal, wenn er die Augen schloss, hörte er das Inhalieren des Zigarettenrauchs und das heisere Lachen am Telefon.

Nach zweiundzwanzig Stunden Flugzeit und zwei Zwischenlandungen in Buenos Aires und Paris landete Konrad am zweiundzwanzigsten Juni erschöpft am Flughafen von Toulouse.

Er stellte sich an ein Fenster im Wartebereich und beobachtete genau, wie seine Snowboard-Verpackung verladen wurde. In diesem Moment hätte er gern Röntgenaugen gehabt, um feststellen zu können, ob das Bild sich tatsächlich noch in der Verpackung befand. Was, wenn der Drache jemanden vom Flugpersonal kannte, und derjenige das Bild längst entfernt oder vertauscht hatte? Seine Angst steigerte sich, als er mit ansehen musste, wie der Schalenkoffer unsanft auf einen Rollcontainer geworfen wurde.

Worauf hatte er sich da nur eingelassen? Der Drache wusste über jeden seiner Schritte Bescheid, er dagegen wusste gar nichts von diesem Mann! Horrorszenarien stiegen vor seinem inneren Auge auf: Ein leerer Snowboardkoffer ... Ein Mann mit Knüppel, der ihn beim Verlassen des Flughafens in Tarascon zusammenschlägt ...Warum sonst hatte der Drache ihm derart genaue Instruktionen gegeben?

Er wandte sich vom Fenster ab, trank noch ein Bier und versuchte sich mit dem Gedanken an das Geld, das er bereits erhalten hatte, wieder zu beruhigen.

Eine Stunde später brachte ihn ein kleineres Flugzeug sicher nach Tarascon.

Am dortigen Flughafen bekam er erstaunlich schnell sein Gepäck ausgehändigt. Er widerstand der Versuchung, die Sportausrüstung sofort zu öffnen und nach dem Bild zu sehen. Stattdessen packte er seinen kleinen Koffer-Rolli und den Schalenkoffer auf einen Transportwagen und verließ eilig das Flughafengebäude.

Auf dem Vorplatz stand ein Mann in Chauffeuruniform, der ein Schild mit Konrads Namen darauf in die

Höhe hielt. Der Mann sah aus wie die Harmlosigkeit in Person. Konrad sah ihn sofort und ging erleichtert auf ihn zu.

„Darf ich Sie bitten, mir zu folgen, Herr Bessi?“, fragte der Chauffeur höflich, als Konrad sich ihm näherte.

„Woher wissen Sie, dass ich Konrad Bessi bin?“, hätte er am liebsten zurück gefragt, unterließ es aber. Stattdessen nickte er nur müde und stieg in den Bentley.

Der Chauffeur lenkte das Auto durch eine sympathische, kleine Stadt mit teils verfallenen Häusern, an denen üppige Kletterrosen emporrankten. Konrad war so von diesen Rosen in den Bann gezogen, dass er außer ihnen nichts anderes mehr sah. Allmählich beruhigte er sich. Es würde schon alles gut gehen. Ein paar Cafés, ein alter Springbrunnen, ein Antiquitätenladen zogen an ihm vorbei, und überall an den Häuserwänden blühten rote, rosafarbene oder weiße Rosen. Schon lange nicht mehr hatte er etwas so Beschauliches gesehen.

Entspannt lehnte er sich in das weiche Lederpolster zurück.

Kurz nachdem sie das Städtchen verlassen hatten, bemerkte er ein kleines Schloss auf einer Anhöhe, das sich wie eine gotische Trutzburg ausnahm. Sie fuhren direkt darauf zu.

Konrad erinnerte sich, dass der Drache von einem Schloss gesprochen hatte.

„Fahren wir zu diesem Schloss dort vorne?“, fragte er den Fahrer.

„Wir sind gleich da", entgegnete dieser kurz angebunden.

War es der plötzlich so kalte Unterton in der Stimme des Chauffeurs, der ihm sofort wieder Angst einjagte? Konrad sah sich um. Sie fuhren eine einsame Landstraße entlang. Rechts und links Felder und Wälder. Und dort vorn dieses merkwürdige, graue Schloss, von dem er jetzt immer mehr Einzelheiten erkennen konnte. Kein Mensch war zu sehen, kein Auto überholte sie oder kam ihnen entgegen. Mit einem Mal fühlte er sich schrecklich allein gelassen. Vielleicht war es doch ein Fehler gewesen …

„Sagen Sie, wie heißt denn der Mann, der dort wohnt?", fragte er, um sich zu beruhigen.

Doch der Chauffeur reagierte nicht mehr.

Schnell näherte der Bentley sich dem kleinen Burgschloss mit vier Türmen an den Ecken, die durch vier hohe Mauern verbunden waren. Im ersten Stockwerk gab es keine Fenster, nur Schießscharten. Der Eingang war durch ein schweres Rolltor verschlossen, öffnete sich aber sofort, als das Auto sich ihm näherte.

Sie hielten direkt vor dem Schlosseingang. Der Chauffeur bot Konrad an, sein Gepäck hineinzutragen, aber Konrad trug es lieber selbst.

Er betrat das Gebäude mit weichen Knien. Der Chauffeur führte ihn in eine Bibliothek, wies ihn an zu warten und verschwand augenblicklich.

Bedrückt blieb Konrad zurück und stellte seine beiden Koffer ab. Der gewaltige, holzgetäfelte Raum strahlte Reichtum und Noblesse aus. Sämtliche Wände waren mit schweren, dunklen Eichenregalen bedeckt, unterbrochen nur von der Tür und der Fensterfront. Die Regale reichten vom Fußboden bis zur Decke, und waren lückenlos mit alten Büchern gefüllt.

Als Konrad sich einmal zur Hälfte um seine eigene Achse gedreht hatte, entdeckte er etwas, das ihm einen Schock versetzte. Er glaubte seinen Augen nicht zu trauen. An der Wand gegenüber den Fenstern gab es eine großzügige Aussparung in einem der Regale. Und dort waren sie alle versammelt: Sämtliche Bilder Vincent Van Goghs, die im Titel den Namen Tarascon trugen. Nur der *Maler auf dem Weg nach Tarascon* fehlte. Was für ein Anblick!

Ungläubig ging er auf die Bilder zu und versuchte zu begreifen, was das bedeuten mochte. Doch ehe er diese Tatsache noch richtig erfassen konnte, öffnete sich die Tür und es erschien ein Mann. Er war ganz in weiß gekleidet, trug weiße Handschuhe und hatte eine chinesische Drachenmaske vor dem Gesicht.

Konrad zuckte zusammen.

Der Mann kam langsam auf ihn zu. Er war drahtig und sehr hager, aber an seinem steifen Gang sah man, dass er sehr alt sein musste. In der rechten Hand hielt er einen Spazierstock aus dunklem Holz, dessen oberes Ende ein Drachenkopf aus Elfenbein bildete.

„Wer sind Sie?“, fragte Konrad.

„Wer ich bin?“, fragte der Mann zurück und lachte ein heiseres, rauchiges Lachen, das Konrad den Schweiß auf die Stirn trieb. Er erkannte die Stimme sofort. Kein Zweifel, das war der Mann, mit dem er telefoniert hatte.

Konrad sah schnell nach seinem Snowboardkoffer, der nun genau zwischen ihm und dem Mann stand. Er fühlte sich elend. Die ganze Situation kam ihm völlig irreal vor, als befände er sich in einer unheimlichen Filmszene oder in einem schlechten Traum.

„Kennen Sie die Legende vom Drachen von Tarascon?“, fragte der Mann mit der Maske.

„Leidlich“, erwiderte Konrad, bemüht, seiner Stimme einen festen Klang zu geben.

„Nun, dann will ich sie Ihnen erzählen. Der Drache von Tarascon, auch Tarasque genannt, ist der Legende nach ein Ungeheuer. Er lebte hier, am Ufer der Rhône. Sein größtes Vergnügen war es, vorbeikommende Wanderer zu verschlingen. Die Menschen fürchteten ihn. Er hatte Macht, verstehen Sie? Macht! Wissen Sie was das ist, Konrad? Etwas Unvergleichliches!“

Konrad wagte kaum zu atmen. Wie gebannt blickte er in die stechenden Augen, die durch die zwei Löcher in der Maske funkelten.

„Lange Zeit herrschte er über diese Gegend“, fuhr der Alte fort, „und wurde schließlich von einer Jungfrau namens Martha bezwungen. Einer Jungfrau!“ Er lachte. „So etwas gibt es ja heute nicht mehr, nicht wahr? Übrigens: Haben Sie das Stadtwappen von Tarascon gesehen? Noch heute ist der Drache ein Wahrzeichen dieser Stadt. Im Wappen können Sie ihn bewundern. Ist Ihnen nicht aufgefallen, dass die Stadt gerade geschmückt wird?“

Konrad schüttelte langsam den Kopf.

„In diesen Tagen findet nämlich ein Festival statt, das

diese Legende feiert. Das trifft sich gut. Denn auch ich werde ein Fest ausrichten."

Er war immer heiserer geworden, je länger er geredet hatte. Jetzt kicherte er wieder leise vor sich hin.

Konrad wollte fragen, was für ein Fest sein Gegenüber meinte, aber er war nicht in der Lage dazu. Sein Mund war völlig trocken. Er hätte gern etwas getrunken.

Der Alte hatte begonnen, im Raum umherzugehen.

„Ich nehme mir den Drachen zum Vorbild, mein lieber Konrad. Bildlich sozusagen. Ich verschlinge Bilder. Und welches Bild, wenn nicht der *Maler auf dem Weg nach Tarascon* würde dem Sinn der Legende größeren Ausdruck verleihen?"

„Sie verschlingen ... Was meinen Sie damit?", stieß Konrad hervor.

Jetzt war der Alte bei Konrads Snowboardkoffer angekommen. Mit seinem Stock klopfte er gegen die Hülle.

„Ich werde Ihr Bild verschlingen. Zu Deutsch: vernichten."

Konrads Stirn war von kaltem Schweiß bedeckt. Er schluckte trocken.

„Sie bezahlen mir drei Millionen Dollar für ein Bild, das Sie vernichten wollen?"

Der Drache schien die Unterhaltung amüsant zu finden. Er kicherte in sich hinein, ging zu einem kleinen Tischchen, goss sich aus einer geschliffenen Karaffe etwas in ein Glas und trank in kleinen Schlucken.

„Donnerwetter. Das Ausmaß menschlicher Naivität fasziniert mich doch immer wieder", sagte er. „Nein, nicht drei, mein Guter. Eine. Mehr als die eine Million, die Sie bereits erhalten haben, bekommen Sie natürlich nicht. Aber diese Million ist es mir wert."

Konrad starrte ihn ungläubig an. Was hatte dieser Mann vor? Hatte er es mit einem Verrückten zu tun?

„Mein lieber Konrad, Sie wissen doch um unsere Vergangenheit. Wer, wenn nicht Sie? Das Bild, das Sie mir gebracht haben, ist künstlerisch nichts wert. Es wurde bereits vor über siebzig Jahren in einer Ausstellung entarteter Kunst gezeigt und hat diesen Status bis heute nicht verloren, nicht wahr? Ich dachte Sie wüssten, dass das, was Sie da die ganze Zeit in ihrem Schlafzimmer zu hängen hatten, keine Kunst ist, sondern Dreck."

Konrad war schockiert. In seinem Hals bildete sich ein dicker Kloß, der immer größer wurde. Welch eine Demütigung! Woher wusste dieser Mensch, wo das Bild gehangen hatte? Und was redete er da?

„Was fällt Ihnen ein, so etwas zu behaupten!", schleuderte er dem Alten wütend entgegen. „Es ist das schönste Bild, das ich je sah! Ich wollte es nicht verkaufen. Weil ich es so schön fand. Und damit Sie es wissen: Ich werde es mit Sicherheit niemandem verkaufen, der es vernichten will!"

„So? Das ist allerdings schade", antwortete der Drache gedehnt. Er stand jetzt wieder direkt vor dem Schalenkoffer. „Ich hatte doch tatsächlich gehofft, Sie und ich wären aus dem gleichen Holz geschnitzt. Ich dachte, Sie würden die Ansichten Ihrer Vorfahren teilen. Nur daher war ich überhaupt willens, Ihnen wenigstens eine Million

Entschädigung für das Bild zu zahlen. Aus Respekt Ihrem Großvater gegenüber, den ich persönlich kannte."

Wieder klopfte er gegen den Koffer. Drohend hallten die Schläge in dem hohen Raum nach.

„Aber nun sehe ich, dass Sie nichts mit ihm gemein haben. Welch ein Pech für Sie, Konrad. Was mache ich jetzt nur mit Ihnen?"

Er verstummte und schien zu überlegen.

Konrad stand wie ein Denkmal, sein Gehirn jedoch arbeitete auf Hochtouren. Ihm war klar, dass er sich in äußerster Gefahr befand. Er musste weg hier. Und zwar so schnell wie möglich! Aber sicher war der Alte nicht allein hier. Vermutlich hatte er vor der Tür jemanden postiert ...

Unvermittelt wandte der Drache sich Konrad zu und nahm seine Maske ab. Es erschien das Gesicht eines steinalten, vielleicht neunzigjährigen Mannes.

Konrad war wie betäubt. Er erkannte ihn augenblicklich. Es war der alte Kauz, der vor seinem Haus fotografiert hatte und dem er in der Galerie in El Bolson begegnet war.

Der Alte hatte ein dünnes Gesicht mit schlaffer Haut, aber stahlblaue, unnachgiebige Augen.

Konrad blickte sich gehetzt um. Er würde nicht weit kommen. Selbst wenn er es schaffen würde, durch die Tür zu kommen, das Tor in der Schlossmauer war wieder verschlossen worden, nachdem sie hineingefahren waren.

Verächtlich richtete der Alte seinen Blick auf ihn und schüttelte sich geradezu vor Ekel.

„Schauen Sie sich doch an! Ängstlich, verweichlicht, verwöhnt. Sie haben keinen Schimmer von deutscher Kultur, deutscher Geschichte, deutschem Erbe! Sie sind ja nicht mal ein richtiger Mann. Ihr Vater muss sich so für Sie geschämt haben! Und Ihrem Großvater kann ich nur gratulieren, dass er eine solche Jammergestalt wie Sie nicht mehr zu Gesicht bekommen musste!"

„Was wissen Sie schon von meinem Großvater!? Bestimmt hat er keine …"

„Ganz bestimmt weiß ich mehr von ihm als Sie. Ich weiß, dass er Männer wie Sie in einen Häftlingsanzug mit rosafarbenem Aufnäher steckte. Er war nämlich Lagerverwalter des KZ Mauthausen."

Konrad taumelte.

„Ach, das ist Ihnen tatsächlich noch nicht zu Ohren gekommen? Aber Sie haben auch nicht recherchiert, nicht wahr? Es war Ihnen nämlich immer egal, woher Ihr Reichtum kam. Na, dann sage ich Ihnen mal etwas: Ihr

Großvater wurde für seine Arbeit reichlich mit Gold entlohnt. All das Geld, das Sie verspielt und verfeiert haben, hatte er sich redlich verdient, so wie ich mir meines."

Er reckte sich. „Nur, dass er nicht mehr damit weiter machen kann. Ich schon."

„Weitermachen?"

Der Alte schaute Konrad direkt in die Augen und sagte bedeutungsschwer: „Sie denken, die Gestapo gibt es nicht mehr. Aber da liegen Sie falsch. Es gibt sie nach wie vor, und ich gehöre ihr noch immer an."

Konrad rang nach Luft. Die ermordete Galeristin aus El Bolson fiel ihm ein. Wenn der Alte Recht hatte ... es konnte doch sein ... sie hatte ihnen nicht in den Kram gepasst ... sie schreckten vor nichts zurück ...

„Dann steige ich aus. Unser Handel gilt nicht mehr. Sie bekommen das Geld zurück!" Konrad schrie fast. Er hatte sich nicht mehr unter Kontrolle. „Ich will nichts mehr mit Ihnen zu tun haben. Und das Bild und das ganze Geld will ich auch nicht mehr!"

Der Drache lachte laut auf.

„Ach ja, diese Gutmenschen! Reizend. Sie werden nicht nur Ihr Bild und Ihr Geld los sein, Sie Insektenhirn, sondern auch Ihr Leben, wenn ich mit Ihnen fertig bin. Ihr Vater mag unfähig gewesen sein, Ihnen die Leviten zu lesen. Ich bin's nicht. Aber zuerst, und darauf freue ich mich ganz besonders, zuerst werden Sie Zeuge sein, und mit zuschauen, wie ich diese Bilder hier in die Flammen werfe."

Er ging auf den Snowboardkasten zu.

„Nur auf dieses habe ich noch gewartet", frohlockte

er. „Nur auf dieses! Das letzte der Tarascon'schen Sammlung. – Los! Mach den Koffer auf!"

Und als Konrad sich nicht sofort in Bewegung setzte, schnauzte er ihn an: „Wird's bald! Aufmachen!"

Mit zitternden Fingern löste Konrad den Verschluss und öffnete den Koffer.

„Auspacken!"

Konrad funktionierte nur noch. Er nahm das verpackte Bild heraus, entfernte die Klebestreifen, zog die Polsterfolie ab, und als der einsame Wanderer zum Vorschein kam, konnte er kaum noch die Tränen zurückhalten.

Der Alte stellte seinen Stock an ein Regal.

„Gib her!"

In dem Augenblick, als er das Bild mit beiden Händen packte, schien er Konrad gar nicht mehr wahrzunehmen. Ein irrer, glasiger Ausdruck trat in seine Augen, er krallte das Bild fest und starrte es an.

„Jahre hat mich das gekostet!", krächzte er und lachte laut auf. „Jahre! Und da ist es! Endlich! Jetzt kann das Werk vollendet werden! Ein Fest! Ein Fest! Eine Bilderverbrennung, ganz nach meinem Geschmack! Mein lang ersehntes Fest. Was für eine Freude!"

Schwer atmend stand er eine Weile da, ohne die Augen vom Bild zu lassen.

Dann schien ihm Konrad wieder einzufallen. Er schnipste mit den Fingern. Augenblicklich traten zwei Bedienstete ein. In einem der beiden erkannte Konrad den Chauffeur.

„Bringt ihn in den Keller!", befahl der Alte.

Konrad versuchte sich zu wehren, aber er hatte nicht die geringste Chance. Die Männer packten ihn, untersuchten seine Taschen, nahmen ihm sein Handy und seine Geldbörse ab und schleppten ihn aus der Bibliothek heraus. Sie schoben ihn durch mehrere Gänge und beförderten ihn etliche steinerne Treppen hinunter. Es wurde immer dunkler. Schließlich schlossen sie ein Metalltor auf und stießen ihn unsanft in einen alten Kerker. Noch ehe er zur Besinnung kam, hatten sie das Tor verriegelt und waren verschwunden.

Konrad stand im Dunkeln. Sein Herz schlug bis zum Hals. Vorsichtig rieb er sich die Oberarme, dort, wo die Schergen ihn so grob in die Zange genommen hatten.

Was sollte nun werden? Wie hatte er nur so gutgläubig sein können. Und warum nur hatte er nicht versucht, Martin anzurufen! Nun war er sein Handy los und völlig von der Außenwelt abgeschnitten.

Es roch modrig, nach verfaultem Wasser. Voller Ekel tastete er die Wände ab, in der Hoffnung auf eine Öffnung. Dabei stellte er fest, dass die Mauern aus riesigen Natursteinblöcken erbaut waren. Die Tür war eine einzige massive Stahlplatte. Aus diesem Loch kam nicht mal eine Ameise heraus.

Verzweifelt lehnte er sich mit dem Rücken an die Steine. Er war zu erschöpft, um stehen zu bleiben, und so rutschte er allmählich nach unten und ging in die Hocke. In dieser Position verharrte er angespannt, die Arme fest um die angezogenen Beine geschlungen.

Als sich seine Augen etwas an die Dunkelheit gewöhnt

hatten, entdeckte er über sich in der Decke ein Loch, kaum größer als seine Hand, durch das ein schwacher Lichtstrahl fiel. Die Decke war mindestens vier Meter hoch.

Dann hörte er ein Fiepen. Augenblicklich standen ihm die Haare zu Berge. Jetzt sah er neben seinen Füßen auch Schatten vorbeihuschen: Ratten!

„Oh Gott, Martin", murmelte er nur, „bitte geh' zur Polizei."

Martin machte sich in der Tat Sorgen.

Er hatte mehrmals versucht Konrad anzurufen und mehrere SMS geschickt. Nie war eine Antwort gekommen. Das war so gar nicht Konrads Art. Selbst wenn sein Freund im Stress war, reagierte er sonst immer bei der nächstmöglichen Gelegenheit. Etwas stimmte nicht. Da war er sich sicher.

Bereits am zweiten Tag nach Konrads Abreise hatte er ein deutliches Gefühl von Gefahr und überlegte, ob er wirklich noch einen Tag abwarten sollte oder nicht. Aber bei einer Vermisstenmeldung würde die Polizei wahrscheinlich vor dem Ablauf von drei Tagen sowieso nichts tun.

Am vierundzwanzigsten Juni nachmittags ging er schließlich zur Polizei.

Auf der Wache wurde er an eine junge Beamtin verwiesen.

„Sie möchten eine Vermisstenanzeige aufgeben?", fragte ihn diese.

„Ja. Die Sache allerdings ist etwas kompliziert. Ich möchte meinen Freund Konrad Bessi als vermisst melden. Er ist am einundzwanzigsten Juni nach Südfrankreich geflogen. Aber ich weiß, dass er dort ein wertvolles Bild von Vincent Van Gogh verkaufen will. Illegal verkaufen. Das Bild heißt *Maler auf dem Weg nach Tarascon*. Er hat es bei sich. Er müsste längst wieder zurück sein. Oder sich wenigstens bei mir melden! Er hatte fest versprochen, sich bei mir zu melden, wenn er dort ankommt. Aber ich habe seit der Abreise nichts von ihm gehört. Darum glaube ich, dass ihm etwas passiert ist."

Die Beamtin nickte und machte sich Notizen.

„Wissen Sie, wo in Südfrankreich er den Käufer besuchen wollte?"

„In Tarascon."

„Kennen Sie den Namen des Käufers?"

„Nein, leider nicht."

Die junge Frau überlegte. Dann sagte sie: „Okay, ich werde sehen, was ich für Sie tun kann. Ich denke tatsächlich, wir werden in diesem Fall noch andere Behörden einschalten müssen. – Warten Sie einen Augenblick. Ich muss noch Ihre Personalien aufnehmen."

Sie stand auf und sprach mit einem Kollegen, der interessiert zu Martin herüber blickte, nickte und zum Telefonhörer griff.

Drei volle Tage musste Konrad in seiner Zelle ausharren. Nachts war es stockfinster, tagsüber fiel ein schwacher Lichtschein durch die kleine Luke in der Decke. Ansonsten veränderte sich nichts.

Er ekelte sich so sehr vor dem Gestank und den Ratten, dass er nicht wagte, sich zum Schlafen hinzulegen. Stattdessen versuchte er, in der Hocke oder im Stehen zu schlafen. Wasser und belegte Brote wurden ihm hinein gereicht, aber er sah keinen Menschen und durfte nicht ans Licht.

Seine Angst hatte mittlerweile einer lähmenden Erschöpfung Platz gemacht. Wenn er aufstand, konnte er sich kaum noch auf den Beinen halten.

Als er wieder einmal stumm vor sich hin brütete und sein Schicksal beklagte, öffnete sich plötzlich die Tür und der Drache trat ein. Er hatte eine Öllampe mitgebracht, die er auf dem Boden abstellte. Wieder war er ganz in Weiß gekleidet. Nur seine Maske trug er nicht mehr.

Schon beim Licht der Öllampe musste Konrad sich schützend die Hand vor die Augen halten. Er fühlte sich unendlich schwach.

Nur sie beide waren in der Zelle. Zwei Tage zuvor hätte Konrad in solch einer Situation vielleicht noch den Mut aufgebracht, den Alten niederzuschlagen. Aber inzwischen war er derart resigniert und geschwächt, dass er diesen Gedanken sofort wieder verwarf.

Das Licht flackerte. Es warf gespenstische Schatten auf den weißen Anzug des Alten und ließ diesen wie ein unheimliches Wesen aus einer anderen Welt erscheinen.

Verächtlich betrachtete er Konrad.

„Stehen Sie gerade!“, schnarrte er. „Haben Sie keinen Stolz? Pfui Teufel, wie kann man sich so gehenlassen! Immerhin fließt deutsches Blut in Ihren Adern! Da erwarte ich einen Rest von Selbstachtung und Unerschrockenheit, junger Mann!"

In diesem Moment huschte eine Ratte über den Boden. Schneller, als Konrad es dem Alten zugetraut hätte, schlug dieser mit seinem Stock nach ihr. Das Tier quiekte und verschwand in einem Loch in der Wand. Konrad lief ein Schauer über den Rücken. Er starrte zu Boden und schwieg.

„Also", fuhr der Alte fort. „Sie dürfen jetzt duschen, Ihre Sachen wechseln und an die frische Luft. Ich habe im Garten alles vorbereitet. In zwei Stunden wird das große Lagerfeuer am Ufer der Rhône beginnen." Er lächelte. „Und Sie, Herr Bessi Junior, haben die Ehre, es sich aus nächster Nähe anzusehen. Aus sehr nächster Nähe …"

Kurz darauf wurde Konrad, überwacht von den beiden Handlangern des Drachens, in ein Zimmer im dritten Stockwerk geführt, wo er sich duschen und umziehen durfte.

Als er aus dem Fenster schaute, traute er seinen Augen nicht. Dort unten im Garten, direkt am Flussufer, war ein großes Gebilde aus Strohballen und Kleinholz in Form eines Hakenkreuzes aufgebaut. An seinen vier Enden stand jeweils ein Bild auf einer Staffelei. Und unter den Staffeleien war besonders viel Stroh aufgeschichtet, bis an die Bilder heran. Ein riesiger Scheiterhaufen! Was Konrad jedoch endgültig das Blut in den Adern gefrieren ließ, war ein mannshoher Pfahl, der genau in der Mitte zwischen den Staffeleien aufgepflanzt worden war. Konrad durchzuckte ein Angststoß.

Der Drache wollte ihn doch nicht allen Ernstes mit den Bildern zusammen verbrennen?

22 Das silberne Kettchen

Gleich nachdem Hans Müller den Auftragsmord gestanden hatte, hatten die deutschen Behörden Kontakt zur argentinischen Polizei aufgenommen und Konrad Bessis strafrechtliche Verfolgung beantragt.

Doch aus Argentinien kam keine sofortige Rückmeldung.

Verena saß wie auf Kohlen. Die Wendung des Falles faszinierte sie allerdings. Konrad Bessi war also der Dreh- und Angelpunkt der Geschichte! Bei ihm liefen scheinbar alle Fäden zusammen.

Doch warum hatte Konrad Bessi diesen Randolf Bock umbringen lassen?

Darauf hatte auch Ari keine Antwort. Zusammen spekulierten sie nur, meistens in der Nacht.

Schon fast hatte sie alle Schranken fallen lassen und begonnen, Ari vorbehaltlos zu vertrauen, als ihr am Morgen des fünfundzwanzigsten Juni etwas Seltsames auffiel.

Auf dem Weg ins Bad sah sie Aris Jacke mit dem Futter nach außen gekehrt über einem Stuhl hängen. Im Vorbeigehen nahm sie ein silbernes Kettchen wahr, das aus der Innentasche herausschaute. Es war genau die Art von Kettchen, an der manchmal ein Ausweis befestigt war. Verena kannte diese Ausweisidentifikation von Fahrkartenkontrolleuren – oder aber … und bei dem Gedanken hielt sie den Atem an. Nein, das war unmöglich! Das hätte sie doch früher merken müssen … Wenn das stimmte, hätte er sich doch schon längst zu erkennen gegeben! Sie wollte diesen Gedanken nicht aufkommen lassen, versuchte, ihn zu verdrängen. Es durfte einfach nicht sein. Es gefährdete alles, was sie sich in den letzten Tagen erträumt hatte.

Dieses verdammte Misstrauen! Sie hasste sich dafür. Eine Berufskrankheit, sicher. Aber zum Teil wohl auch ihrer Lebenserfahrung geschuldet, die von glücklichen Beziehungserfahrungen nicht gerade überquoll. Eine Schutzfunktion also, sagte sie sich. Wie schafften andere das nur, einen Mann zu finden, mit dem sie glücklich sein konnten? Warum machte sie sich alles immer selbst zunichte? Eben noch war sie mit der Welt doch völlig im Reinen gewesen. Und jetzt machte sie sich dieses wunderbare Gefühl schon wieder kaputt. Sie wollte das nicht. Mit Ari war alles in Ordnung! An dem Kettchen war wahrscheinlich nur ein Schlüssel oder eine Uhr befestigt.

Auf dem Revier angekommen, kam ihr ein aufgeregter Kollege Haase entgegen.

„Nachricht aus Argentinien! Bessi wurde dort als vermisst gemeldet, gestern“, berichtete er atemlos. „Er ist mit einem wertvollen Gemälde nach Tarascon in Südfrankreich geflogen, um es dort an einen Käufer zu bringen, und ist seitdem verschwunden. Interpol ist bereits informiert.“

„Tarascon!?“, entfuhr es Verena. „Natürlich! Der Käufer dort muss der richtige ‚Drache von Tarascon‘ sein!“

„Was meinst du damit? Welcher richtige Drache?“

Verena gab in drei Sätzen wieder, was Ari Kelch ihr erzählt hatte.

„Und du glaubst ihm?“

„Ich weiß es nicht“, sagte Verena. Und dachte an sein friedliches Gesicht, als sie sich am Morgen aus dem Bett geschlichen und ihn schlafend zurückgelassen hatte. Vielleicht schlief er immer noch. „Entschuldige mich. Ich muss mal telefonieren.“ Sie drehte sich um und wollte eben gehen, als Haase sie leise ermahnte.

„Sei vorsichtig.“

Verena wandte ihm ihr Gesicht zu. Zum ersten Mal sah sie ihn richtig und ihr wurde klar, dass er schon weit mehr ihr Partner geworden war als Dennis. Er hatte sich in letzter Zeit mächtig ins Zeug gelegt.

„Natürlich“, erwiderte sie.

Ari nahm beim ersten Klingeln ab.

„Habe ich dich geweckt?“

„Nein“, sagte er, hörbar verschlafen. „Ich sitze beim ersten Kaffee.“

Verena erzählte ihm, dass Konrad Bessi als vermisst gemeldet worden war. „Der ist nicht mehr in Argentinien. Hat sein Van-Gogh-Bild geschnappt und ist nach Tarascon gereist.“

Ari räusperte sich. „Ach, schau mal an. Das ahnten wir doch, dass er das Bild dabei hat. Nun haben wir die Bestätigung dafür. Sehr gut.“ Er sprach ganz ruhig, und doch klang etwas in seiner Stimme durch, was Verena aufhorchen ließ.

„Ari?“

„Ja?“

„Wen meinst du mit ‚wir‘?“

Er lachte. „Sagte ich wir? Ja, manchmal spreche ich von mir im Plural.“

„So? Das war mir noch gar nicht aufgefallen“, entgegnete Verena trocken.

Ihr schien, als ob Ari plötzlich in Bewegung geraten sei. Sie hörte, wie er in seinem Zimmer herumlief.

„Was ist los?“ fragte sie.

„Was soll los sein?“

„Was machst du gerade?“

„Packen.“

„Packen? Wieso? Willst du weg?“

„Ich muss nach Tarascon“, erwiderte er knapp.

„Wie bitte?! Ich komme mit!“

„Nein Verena. Bleib, wo du bist. Das ist eine Nummer zu groß für dich.“

Verena wurde wütend. „Was heißt zu groß? Wessen Fall ist das eigentlich? Das kommt gar nicht in Frage, dass du allein fährst! Du hast mir zwar geholfen, aber … Wir ziehen die Sache jetzt gemeinsam durch. Ich komme mit!“

Obwohl sie ihn nicht sah, merkte sie deutlich, wie er mit sich rang.

„Ari, kennst du Hans Müller?“

„Was soll denn das jetzt?“

„Kennst du ihn?“

„Nein!“

Verena wusste nicht, was sie mehr ärgerte: ihr unprofessionelles Verhalten oder ihre Verliebtheit. Sie schalt sich eine Idiotin und rief sich zur Ordnung.

„Okay", sagte sie. „Ich hab jetzt keine Zeit mehr. Ich muss packen. Ich komme mit."

Ari holte hörbar Luft. „Gut", sagte er schließlich. „Aber mein Flieger geht in zwei Stunden. Dann treffen wir uns in zwei Stunden am Flughafen Tegel."

„Okay. Das schaffe ich gerade so. Kannst du mir ein Ticket buchen?"

„In Ordnung."

23 Auf dem Weg nach Tarascon

Verena ignorierte den schalen Geschmack, den das Telefonat in ihr hinterlassen hatte, schaute zur Uhr und rannte zu Haase mit der Bitte, sie zu vertreten und den Chef über ihre Reise zu informieren. Im Eilverfahren beantragte sie eine Dezernatsgenehmigung, um ihre Waffe nach Frankreich mitnehmen zu können. Zuhause angekommen, warf sie ein paar Sachen in einen kleinen Koffer und hetzte sich ab, um es rechtzeitig zum Flughafen zu schaffen.

Als sie mit dem Taxi dort ankam, wartete Ari bereits am Abflugsteig.

Er trat auf sie zu und reichte ihr die Quittung für ein elektronisches Ticket.

„Du hattest die Reise schon vorbereitet bevor ich dich anrief, oder?", begrüßte Verena ihn.

Er ignorierte ihre Frage.

„Ari! Sag mir, was los ist!", forderte sie. „Du verbirgst mir doch etwas. Ich rufe dich an, du erzählst, du wärst gerade aufgestanden und sitzt beim ersten Kaffee, und dann stellt sich heraus, dass du für zwei Stunden später bereits einen Flug gebucht hast!"

„Alles in bester Ordnung", beschwichtigte er sie.

„Gar nichts ist in Ordnung! Was, wenn ich nicht angerufen hätte? Dann wärst du plötzlich verschwunden gewesen, oder was?"

„Wir müssen einchecken", gab Ari zurück und informierte sie darüber, welches Hotel er für sie beide in Tarascon gebucht hatte.

Schweigend betraten sie das Flugzeug und nahmen ihre Plätze ein. Als sie saßen, griff Verena blitzschnell in seine Jacke und zog das silberne Kettchen aus der Innentasche heraus.

„Was trägst du da?"

Wortlos packte Ari ihre Hand und hielt sie so lange fest, bis das Flugzeug gestartet und Berlin unter einer grauen Wolkendecke verschwunden war.

„Hör mir genau zu", flüsterte er dann. „Ich kann es nur einmal sagen. Und ich sage es nur dir. Ich arbeite als freiwilliger Helfer für den Mossad. Und: Ja, du hast recht. An dem Kettchen hängt eine ID."

Verenas Knie wurden weich. „Für den israelischen Geheimdienst?", flüsterte sie entsetzt.

Er nickte.

„Kannst du mich jetzt endlich loslassen?"

Ari gab ihre Hand frei.

Verena stand der Mund offen. Sie hatte mit einer übergeordneten Behörde gerechnet, mit dem BKA oder Interpol. Aber damit bestimmt nicht.

„Hör zu", murmelte Ari. „Ich sage dir, wie es war. Die Sache mit der Objektivkappe, dass du meine Fingerabdrücke darauf finden würdest, das war geplant. Ich hatte den Auftrag, mich in deine Ermittlungen einzuschalten. Oder sagen wir, ich bot an, diesen Auftrag an mich zu erteilen. Weil ich es für sinnvoll hielt."

Ein Schwindelgefühl breitete sich in Verena aus. Hör auf! Hör auf! Hätte sie am liebsten geschrien. Stattdessen saß sie da wie gelähmt.

„Für sinnvoll … du hast … dann war alles Teil eines Plans?", flüsterte sie.

„Ja."

Verena verschlug es die Sprache. Ihr war zumute, als hätte ihr gerade jemand einen Schlag in den Magen verpasst. Verwirrung, Scham und Wut kochten in ihr hoch. Sie biss die Zähne zusammen, bis ihr Kiefer schmerzte. Am liebsten hätte sie Ari geschlagen und angeschrien.

Stattdessen saß sie angeschnallt neben ihm und rührte sich nicht. Benutzt, hämmerte es in ihrem Kopf, benutzt, er hat mich benutzt! Es war alles geplant! Ein abgekartetes Spiel! Und ich Schaf habe mich einwickeln lassen! Habe diese Nacht zugelassen, statt meine Bedenken ernst zu nehmen! Gleich, als das mit seinen Eltern raus war, hätte ich doch hellhörig werden und weiterfragen müssen. Wie blöd bin ich eigentlich! War es etwa auch Kalkül, dass er mit mir schläft?

Sie versuchte sich zusammenzureißen. Langsamer zu atmen. Ihr Gefühls- und Gedankenknäuel zu entwirren. Der Mossad, was wusste sie darüber? Er war vergleichbar mit CIA und BND, aber sie hatte gehört, dass die Befugnisse dieses Geheimdienstes wesentlich weiter reichten. Er war der verlängerte Arm der Regierung und operierte oft in Grauzonen internationalen Rechts. Ihr fiel ein, dass es der Mossad gewesen war, der 1960 den Kriegsverbrecher

Adolf Eichmann in Argentinien aufgespürt und nach Israel gebracht hatte, wo er zum Tode verurteilt worden war. Auch hatte sie einmal etwas darüber gelesen, dass Mitarbeiter dieser Organisation andere Kriegsverbrecher, die in Südamerika untergetaucht waren und nicht zur Rechenschaft gezogen werden konnten, einfach erschossen hatten. Sie arbeiteten mit Entführungen und Liquidierungen. Zum Schutze Israels, gewiss. Aber hatten sie nicht auch in den siebziger Jahren einen arabischen Schriftsteller getötet, weil er sich für die Palästinenser eingesetzt hatte?

Verena hatte Zweifel. Nicht an Geheimdiensten an sich, aber an derartigen Methoden. Und an den Menschen, die sie ausübten. Wie konnte ausgerechnet Ari für solch eine zwielichtige Organisation arbeiten? Und das auch noch freiwillig! Und woher sollte sie wissen, ob überhaupt noch irgendetwas stimmte, was er ihr erzählte?

Sie musste in Ruhe nachdenken. Auf keinen Fall durfte sie sich weiter verwirren lassen. Dass sie jetzt hier saß, damit hatte Ari nichts zu tun. Das war ihre eigene Entscheidung gewesen. Schließlich waren es ihre Ermittlungen. Es war ihr Fall. Sie suchte den Auftraggeber des Mordes, und der …

„Verena?", sagte Ari vorsichtig.

„Lass mich in Ruhe."

„Komm, ich verstehe ja, dass du sauer bist …"

„Gar nichts verstehst du! Du sollst mich in Ruhe lassen!"

Er schwieg abrupt.

Sie versuchte das Nachdenken wieder aufzunehmen,

aber es gelang ihr nicht mehr. Das Anschnallzeichen blieb durchgängig angeschaltet, und die Enge des Gurtes machte sie verrückt. Die körperliche Nähe zu Ari ebenso.

Es waren Sitzreihen mit je vier Personen und sie saß ausgerechnet direkt am Fenster! Sie brauchte Luft. Sie musste atmen und sich bewegen.

„Hör zu, Verena“, begann Ari von Neuem. „Ich muss dir etwas erklären.“ Und flüsternd fügte er hinzu: „Es ist wichtig. Für deine und meine Sicherheit.“

Verena sah ihn an. Es waren immer noch dieselben wunderbaren Augen. Sie konnte es kaum ertragen.

„Jetzt nicht“, sagte sie, schnallte sich ab und bat Ari sie durchzulassen, mit der Begründung, sie müsse mal auf die Toilette.

„Verena, bitte, hör mir doch kurz zu!“

Ohne eine Antwort schob sie sich entschlossen durch die Reihe. Sie saßen recht weit hinten, es waren nur fünf Reihen bis zur Toilette.

Dort angekommen, verriegelte sie die Tür, schaute sich im Spiegel an, schalt sich eine dumme Kuh, und rieb sich so lange die Schläfen mit kaltem Wasser ein, bis ihr Atem wieder normal ging. Anschließend schloss sie die Augen und lehnte sich mit dem Rücken gegen die Wand.

„Was ist jetzt wichtig?“, fragte sie sich. Priorität hatte ihre Arbeit. Sie würde sofort nach der Landung eigene Wege gehen. Sie würde sich kategorisch von Ari abwenden, würde augenblicklich Kontakt zur französischen Polizei aufnehmen und mit den Kollegen dort auf die Fährte Konrad Bessis aufspringen. Das war ihre Arbeit, und sie würde sich von nichts und niemandem mehr davon abbringen lassen. Mit ihrem Schmerz konnte sie sich beschäftigen, wenn die Sache vorbei war. Wenn sie Bessi festgenommen hatten.

„Gut“, sagte sie. „So machen wir das. Um alles andere kümmern wir uns später. Und jetzt geh da raus und benimm dich wie ein erwachsener Mensch.“

Derart sortiert und gefestigt entriegelte sie die Toilettentür und betrat den Gang. Ihr Blick fiel auf die fünfte Reihe. Es verlangte sie, Ari noch ein letztes Mal in Ruhe von hinten zu betrachten, bevor sie sich wieder neben ihn setzte. Doch was war das? Ihre Augen suchten sein graues Haar. Aber sie entdeckte weder seinen Kopf noch ihren freien Platz. Auf der rechten Seite war die fünfte Reihe komplett besetzt. Sie musste sich in der Reihe getäuscht haben! Irritiert suchte sie die Reihen davor und dahinter ab. Nichts. Aber statt rechts, wie sie es erwartet hatte, war links in der fünften Reihe ein Platz am Fenster frei. Sollte sie derart durcheinander sein, sich das falsch gemerkt zu haben? Aber dort saß Ari ebenfalls nicht, dort saß auf dem dritten Platz eine Frau.

Das konnte doch nicht wahr sein! Verena bekam einen Kloß im Hals und ihre Knie wurden bedrohlich weich. Sie musste sich an der Armlehne des Platzes festhalten, neben dem sie stand.

„Ist Ihnen nicht gut?“

Vor ihr tauchte eine Stewardess auf, die ihr schwarzes Haar zu einem kunstvollen Knoten hochgesteckt hatte. Unter ihrem Kostüm zeichnete sich eine erstaunlich durchtrainierte Figur ab.

Verena sah die Frau an und erstarrte.

Vor ihr stand Martha Maaßen.

Für einen Moment fragte sich Verena, ob sie träumte. Gleichzeitig war ihr körperlich derart elend zumute, dass dies kaum noch als ein Traum durchgehen konnte. Sie fürchtete, sich jeden Moment übergeben zu müssen. Vor ihren Augen tanzten helle Kreise. Dass die Frau vor ihr Martha Maaßen war, daran bestand für Verena nicht der geringste Zweifel. Sie hatte zwar schwarze statt blonde Haare, sie war keine Tänzerin mehr, aber die Augen waren unverkennbar.

„Kommen Sie, ich bringe Sie zu Ihrem Platz", sagte die Stewardess, mit einem leichten, aber unüberhörbar harten Akzent. Mit festem Griff fasste sie Verena am Oberarm. Für eine Flugbegleiterin war dieser Griff ungewöhnlich zupackend, ja sogar schmerzhaft. Unwillkürlich musste Verena an die Übungen in ihrer alten Polizeischule denken. Immer, wenn es damals darum gegangen war, Festnahmen von gewaltbereiten Verdächtigen zu simulieren, hatten sie und ihre auszubildenden Kollegen genau diesen Griff angewendet und genauso hart zugepackt wie jetzt diese Stewardess.

„Aber", stammelte Verena, „mein Platz! Er ist nicht mehr da!"

Die Stewardess lächelte. „Aber natürlich, gute Frau. Dort vorn, in der fünften Reihe links, dort haben Sie doch gesessen. Neben der brünetten Dame. Keine Sorge, das wird schon wieder. Ich bringe Ihnen gleich etwas zu trinken. Sie fliegen nicht oft, oder?"

24 Unerwartete Begegnungen

Verena erwachte. Sie lag auf einer provisorischen Liege. Ihr Kopf fühlte sich an wie ein prall mit Watte gefüllter Ballon. Sie war noch sehr benommen und überlegte, wo sie sich wohl befinden mochte und welcher Tag heute sein konnte.

Lautsprecherdurchsagen waren zu hören. Aufrufe zum Einchecken.

Zuerst fiel ihr der fünfundzwanzigste Juni ein. Das war der Tag gewesen, an dem sie ins Flugzeug nach Avignon gestiegen waren. Ob sie dort jetzt angekommen war?

Neben ihr, auf einem Stuhl, saß eine Stewardess. Es war die aus dem Flugzeug. Und auf einen Schlag kam die gesamte Erinnerung zurück. Sie war auf die Toilette gegangen. Und dann war Ari verschwunden gewesen. Aus dem Flugzeug heraus verschwunden.

„Oh, Sie sind wach!", rief die Stewardess. „Schön. Wie geht es Ihnen? Tut Ihnen etwas weh?"

Verena war sehr durstig. Vorsichtig bewegte sie ihre Glieder. Dann schüttelte sie langsam den Kopf.

„Alles in Ordnung. Ich fühle mich nur, als ob ich hundert Jahre geschlafen hätte. Und mit dem Versteckspiel können wir aufhören, Frau Maaßen. Ich habe Sie bereits im Flugzeug erkannt."

„Ach. Ich habe gar nicht den Eindruck, dass ich mich verstecke", konterte die Flugbegleiterin und wies auf ihr Schild am Jackett, auf dem Verena den Namen Martha

Maaßen lesen konnte. „Ich hatte Ihnen doch schon in Berlin erzählt, dass ich als Stewardess bei der Air France anfange."

„Stimmt. Aber der Zufall ist dennoch frappierend, finden Sie nicht? Ausgerechnet Sie auf diesem Flug. Und ausgerechnet Sie jetzt hier."

Martha Maaßen zuckte nur mit den Schultern.

Verena streckte sich.

„Könnten Sie mir bitte etwas zu trinken geben? Und wo bin ich eigentlich? "

„Sie sind im Flugzeug ohnmächtig geworden und wurden gleich nach der Landung in die Krankenstation transportiert. Wir sind am Flughafen in Avignon. Wenn ich mich recht erinnere, wollten Sie weiter nach Tarascon. Das ist dreiundzwanzig Kilometer von hier entfernt."

Sie erhob sich und nahm ein leeres Wasserglas vom Nachttisch.

„Sie meinen, da kann man notfalls hin laufen …", murmelte Verena, als Martha zum Waschbecken ging.

Gleich darauf kam sie zurück, reichte ihr ein Glas Wasser, lächelte betont höflich und erklärte: „Sie scheinen im Flugzeug halluziniert zu haben. Sie haben Ihren Sitz nicht mehr gefunden und Ihren Begleiter nicht mehr erkannt. Gott sei Dank scheint es Ihnen ja jetzt besser zu gehen, so dass ich mich verabschieden und Sie der Krankenschwester hier überlassen kann. Man wird Sie sicher noch ein paar Stunden unter Beobachtung stellen, bevor Sie gehen können. Aber Ihr Begleiter hat mich gebeten, Ihnen etwas auszurichten."

Verena fuhr zusammen. Was für eine Verbindung gab es zwischen dieser Frau und Ari? Ari würde doch niemals einen wildfremden Menschen in diese Geschichte einweihen, da war sie sicher.

„Ja?“, fragte sie vorsichtig.

„Ich soll Ihnen sagen: Er konnte leider nicht auf Sie warten und ist bereits vorgefahren. Sie mögen ihm jedoch nur nach Tarascon folgen, wenn Sie bereit seien, im Team zu arbeiten.“ Verena blickte Martha konzentriert an. Diese war ganz die professionelle Stewardess.

„Er sagte, die Reise sei zu gefährlich, um sie zerstritten anzutreten.“

Damit schien die merkwürdige Rede beendet zu sein. Der Ton, in dem Martha gesprochen hatte, war merkwürdig. Die ganze Situation war merkwürdig. Ob Ari ihr vor dem Flug etwas ins Glas getan hatte? Er wollte sie nicht dabei haben, solange sie ihm eine Szene machte. Ganz offensichtlich hatte er ein Ziel, dem er alles unterordnete. Und sie störte ihn dabei. Dennoch ließ er die Tür einen Spalt offen. Warum?

„Ich danke Ihnen“, entgegnete Verena reglos.

„Nichts zu danken. Gute Besserung!“, antwortete Martha nur, nahm ihren kleinen Koffer und verließ rasch die Station.

Verena blieb nachdenklich zurück. Was um alles in der Welt hatte Ari mit dieser Frau zu tun?

Sie beschloss, so schnell wie möglich nach Tarascon zu fahren und in dem Hotel einzuchecken, das Ari für sie beide gebucht hatte. Vielleicht fand sie ihn dort. Er war ohnehin der Einzige, der möglicherweise wusste, wo man nach Konrad Bessi suchen musste.

Zwei Stunden später, nach einer als „kurz" angekündigten medizinischen Untersuchung, wurde Verena endlich aus der Notfallstation entlassen. Sie suchte im Flughafen nach einer Autovermietung und buchte mit Hilfe ihrer mageren Französischkenntnisse einen Mietwagen.

Ohne Zeit zu verlieren, machte sich allein auf den Weg nach Tarascon.

Es waren über dreißig Grad. Verena schaltete die Klimaanlage des Autos an. In der Stadt tobte der Teufel. Eine Parade zog durch das Zentrum. Die Straßen waren entweder gesperrt oder verstopft. Menschenmassen säumten Wege, öffentliche Plätze und Parks. Die meisten von ihnen waren bizarr verkleidet, trugen lange grüne Mäntel, hatten die Gesichter mit Masken bedeckt oder sich von oben bis unten mit bunten Papierschlangen behangen. Auf einem der Festwagen, der mit lauter Musik begleitet durch die Innenstadt fuhr, stand ein kolossaler grüner Drache aus bemaltem Styropor. Auf seinem Rücken saß eine junge Frau mit einer Krone auf dem Kopf. Verena verstand mit einem Mal, dass auch viele der Festivalgäste als Drachen verkleidet waren. Sie hatten offenbar viel Spaß. Es wurde getanzt, getrunken und gelacht. Verena dagegen hatte an diesem Ereignis sehr viel weniger Spaß, da sie mehrere Stunden brauchte, um sich zu ihrem Hotel durchzukämpfen.

Erst abends traf sie dort ein. An der Rezeption fragte

sie nach ihrer Reservierung und war nahezu überrascht, dass diese noch vorhanden war.

„Madame Mayer-Galotti. Chambre 104“, sagte die Rezeptionistin und reichte ihr einen Schlüssel mit einem riesigen Holzanhänger über den Tisch.

„Entschuldigen Sie“, fragte Verena auf Französisch, „hat ein Herr Ari Kelch bereits eingecheckt?“

„Ja, Madame. Vor vier Stunden. Allerdings ist er nicht mehr da. Er hat das Hotel gleich darauf wieder verlassen und ist noch nicht zurück.“

„Hat er eine Nachricht für mich hinterlassen?“

„Nein, Madame.“

Verena war enttäuscht. Nach einer kurzen Pause fragte sie:

„Sagen Sie, was ist hier heute eigentlich los? Was ist das für ein Fest?“

„Oh, das sind die Fêtes de la Tarasque. Ein jährliches Festival anlässlich der mittelalterlichen Legende von der heiligen Martha und dem Drachen von Tarascon. Nach dem übrigens unsere Stadt benannt ist. Es findet immer Ende Juni statt. Das ist so eine Geschichte, mit der hier jedes Kind aufwächst. Sie handelt von einem Drachen, der am Ufer der Rhône sein Unwesen trieb, bis eine Jungfrau, die heilige Martha, ihn in den Schlaf sang und er somit bezwungen werden konnte.“

Die Rezeptionistin lächelte.

„Ah, ich verstehe.“ Verena versuchte zurückzulächeln.

„Die heilige Martha, so so“, murmelte sie, als sie auf ihr Zimmer ging.

Sie nahm eine Dusche und überlegte, was sie als Nächstes tun sollte. Es schien ihr äußerst wichtig, Ari – und natürlich am besten auch Konrad Bessi – noch in dieser Nacht zu finden. Da sie jedoch keinen Anhaltspunkt hatte, wo sich die beiden aufhielten, entschied sie sich, ihrem ursprünglichen Plan zu folgen und die örtliche Polizei aufzusuchen, auch wenn diese am heutigen Tag sicher mehr als genug mit dem Festival beschäftigt war. Vielleicht gab es ja trotzdem jemanden, der informiert war und Hinweise besaß, die ihr weiterhelfen würden.

Zu Fuß kam sie wesentlich schneller voran als mit dem Auto. Die Wache in der Innenstadt von Tarascon war trotz des bunten Treibens nicht zu übersehen. Verena trat ein. Die Musik von der Straße drang bis in den Flur. Sie steuerte den ersten Polizeibeamten an, den sie entdeckte, einen dürren Mann hinter einem Tresen.

„Wen suchen Sie?", fragte er mit arrogantem Unterton. „Konrad Bessi?"

„Genau. Er wird per internationalem Haftbefehl gesucht und hält sich wahrscheinlich in Tarascon auf." Verena musste fast schreien, damit er sie verstand. „Haben Sie keinerlei Informationen darüber bekommen?"

„Nein", erwiderte der Beamte schroff. „Wir haben heute auch andere Sachen zu tun. Sie sehen ja, was hier los ist! Aber Sie sind schon die Zweite, die heute nach diesem Bessi fragt."

Er streckte seine dürre Hand aus und dirigierte Verenas Blick zu einem Mann, der in der Nähe des Eingangs auf einer Besucherbank saß und zwei Landkarten studierte. „Sie können sich ja mit dem dort zusammen tun."

Verena wandte sich von dem Polizisten ab, der ihr offensichtlich sowieso nicht weiterhelfen wollte oder konnte, und schritt auf den Mann zu. Er hatte ein sehr junges Gesicht, eine hervorragende Figur, die sie an einen Profitänzer denken ließ, und war auffallend elegant gekleidet. Als sie näher heran kam, erkannte sie, dass es Karten von Tarascon waren, die er vor sich ausgebreitet hatte.

„Entschuldigen Sie, Mayer-Galotti mein Name, ich arbeite bei der Kriminalpolizei in Deutschland. Ich bin auf der Suche nach Konrad Bessi und habe gehört, dass Sie ihn ebenfalls suchen. Könnten wir uns mal unterhalten? Vielleicht an einem etwas weniger lauten Ort?"

Der junge Mann starrte sie erschrocken an.

„Sprechen Sie englisch oder deutsch?", fragte Verena auf Französisch.

„Spanisch und deutsch", antwortete er auf Deutsch.

„Ach, das trifft sich gut", gab Verena erleichtert zurück und sprang ins Deutsche.

Gemeinsam gingen sie zu einem Tisch am anderen Ende des Flures. Hier war es leiser.

„Darf ich fragen, wer Sie sind und warum Sie Konrad Bessi suchen?", begann Verena. „Vielleicht können wir zusammen mehr erreichen."

„Das kommt darauf an", erwiderte der Mann mit immer noch völlig perplexem Gesichtsausdruck.

„Worauf?"

„Darauf, ob Sie Interesse haben, sein Leben zu retten oder ihn zu verhaften."

„Was, wenn ich an beidem Interesse habe?"

„Dann könnten wir uns bezüglich der ersten Intention verbünden, bezüglich der zweiten nicht."

„Warum sagen Sie mir nicht erst einmal, wer Sie sind?"

„Entschuldigung. Martin Hiems. Ich bin ein Freund von Konrad Bessi aus Argentinien. Ich habe ihn gestern als vermisst gemeldet und bin so schnell ich konnte herüber geflogen, weil ich befürchte, dass ihm etwas passiert ist."

„Sie meinen, dass er sich mit dem Verkauf des Van-Gogh-Bildes in Gefahr gebracht hat?"

„Sie wissen davon? Ja, ja – ganz bestimmt ist er in Gefahr! Er ist sonst sehr kommunikativ, wissen Sie, und ich kann ihn gar nicht mehr erreichen."

„Er wird mittlerweile per internationalem Haftbefehl gesucht", erklärte Verena.

„Haftbefehl!? Aber das Bild gehört doch ihm! Ist es wegen des Bildes?"

„Auch. Was hat er Ihnen über den Käufer erzählt?"

„Herzlich wenig. Den Namen kenne ich nicht. Er hat nur etwas von einem Schloss erwähnt, dass der Käufer ihn auf sein Schloss eingeladen hat, mehr nicht."

Verenas Gesicht hellte sich auf. „Na, das ist doch schon etwas!" Sie überlegte laut: „Also, das Schloss von Tarascon, in der Innenstadt, das kann es nicht sein. Das ist zu touristisch."

Und an Hiems gewandt, fuhr sie fort: „Sagen Sie – Sie

haben doch gerade die Karte studiert. Gibt es weitere Schlösser in der näheren Umgebung?"

Hiems breitete eine der Karten auf dem Tisch aus und beide beugten sich darüber.

„Zwei. Beide ziemlich in der Nähe." Martin Hiems hatte sie zuerst entdeckt und zeigte auf zwei kleine Schlosssilhouetten.

„Darf ich?" Verena nahm die Karte und ging zu dem dürren Polizisten. „Sagen Sie bitte, ist eines dieser beiden Schlösser hier in Privatbesitz?"

Der Polizist blickte sie misstrauisch an. Dann studierte er die Karte aber doch, runzelte die Stirn und zeigte schließlich auf eines der beiden Schlösser, das kleinere von beiden, direkt am Ufer der Rhône. „Das hier. Gehört einem alten Zausel. Kunstsammler soviel ich weiß."

„Danke."

Verena eilte zu Hiems.

„Ich glaube, ich weiß, wo Ihr Freund ist. Zumindest ist es einen Versuch wert. Ich möchte keine Zeit mehr verlieren. Kommen Sie, wir fahren dort hin. Mein Auto steht keine drei Minuten von hier am Hotel."

Sie rechnete es dem jungen Mann hoch an, dass er sofort zustimmte, obwohl die Angst in seinen Augen nicht zu übersehen war.

Verena saß am Steuer, Martin Hiems neben ihr, mit der Karte auf den Knien. In der Stadt ging es schleppend voran, aber als sie den Stadtrand erreichten, schien die Parade sich allmählich aufzulösen. Es wurde immer dunkler und damit schwieriger für Verena und Martin Hiems, die jeweils richtige Abzweigung zu finden.

Beide schauten sie angespannt in die Dunkelheit hinaus. Je näher sie ihrem Ziel kamen, desto nervöser wurden sie. Im Stillen verfluchte Verena den PS-schwachen Mietwagen, dessen Pedale man quälen konnte, ohne dass sich an der Geschwindigkeit dieses Fahrzeuges etwas Entscheidendes änderte.

Sie hatte Durst.

„Haben Sie zufällig etwas zu trinken dabei, Herr Hiems?"

Ihr Begleiter holte eine Flasche Wasser aus seinem Rucksack und schraubte sogar schon den Verschluss ab, bevor er sie ihr reichte.

„Oh, vielen Dank!"

Erleichtert nahm Verena einen großen Schluck. „Dumm von mir, nichts bei mir zu haben. Ich bekomme immer Durst, wenn ich aufgeregt bin."

„Sie sind aufgeregt? Als Polizistin?"

Fast musste Verena lachen. „Ja, was denken Sie denn. Ich bin doch auch ein Mensch."

„Stimmt", entgegnete der junge Mann. „Haben Sie eigentlich eine Waffe dabei? Ich frage das, weil – ich bin auch aufgeregt, ehrlich gesagt. Und wenn ja, ich glaube, ich würde mich sicherer fühlen."

„Ja."

„Was meinen Sie, müssten wir nicht längst da sein?"

„Ich verstehe das auch nicht", gab Verena zu. „Auf der Karte kam es mir gar nicht so weit vor. Es muss hier irgendwo ganz in der Nähe sein."

Beiden tat es gut, sich zu unterhalten.

„Hoffentlich sind wir nicht geradewegs daran vorbeigefahren“, meinte Hiems. „So ein Schloss muss man doch sehen, auch wenn sie Strom sparen und nachts das Licht aus …. – Oh Gott! Was ist das?!“

Verena hatte das Auto soeben um eine Kurve gelenkt, als vor ihnen ein kleiner, flackernder Lichtschein auftauchte, der sich unheimlich im Wasser der Rhône spiegelte.

„Feuer!“, riefen Verena und Martin gleichzeitig.

Verena trat das Gaspedal so heftig durch, dass das Auto einen Satz machte. Sie hätte jetzt viel darum gegeben, in ihrem eigenen Wagen zu sitzen.

„Verdammter Mist!“, fluchte sie, krallte sich am Lenkrad fest und starrte angestrengt geradeaus, als könne sie damit aus dem Auto endlich mehr herausholen. Hoffentlich kamen sie nicht zu spät!

„Konrad!“, schrie Martin mit erstickter Stimme. „Meinen Sie, er ist da drin?!“

Verena hielt es für Zeitverschwendung, darauf zu antworten.

„Oh Gott! Fahren sie doch endlich schneller!“ Martin Hiems geriet in Panik, es hielt ihn kaum auf dem Sitz. Ständig fuchtelte er wild gestikulierend vor Verenas Gesicht herum und schrie in einem fort. „Da! Sehen Sie doch! Das Feuer wird immer größer! Wir kommen zu spät! Konrad! Konrad!“ Und zu allem Überfluss fing er nun auch noch an zu weinen.

„Schluss jetzt!“, fauchte Verena ihn an. „Reißen Sie sich zusammen! Ich brauche jetzt Ihre Hilfe. Und nicht noch einen, um den ich mich kümmern muss!“

Das saß. Martin Hiems war augenblicklich still.

Jetzt konnten sie die Konturen des Schlosses erkennen, das sich, von den Flammen gespenstisch erhellt, aus der Dunkelheit hervorhob.

„Das Feuer ist im Hof!“, schrie Verena. „Schnallen Sie sich ab. Wir müssen da so schnell wie möglich rein!“

Sie flogen die Auffahrt hinauf. In letzter Sekunde bremste Verena, fast wären sie an das massive Stahltor geknallt, was vermutlich ihr Ende gewesen wäre. Im Nu sprangen Martin und sie aus dem Auto. Verena rannte zum Tor und sah sofort, dass sie gar nicht erst versuchen brauchten, es auf herkömmliche Art zu öffnen. Kein Knauf, keine Verzierung, kein Schlüsselloch, nur eine einzige glatte Metallfläche, und die war mindestens drei Meter hoch. Vermutlich funktionierte die Schließanlage elektronisch.

„Der reinste Sicherheitstrakt“, fluchte sie.

Die Mauern, die sich rechts und links des Tores anschlossen, waren nicht wesentlich niedriger.

Und dann hörten sie die langgezogenen, verzweifelten Schreie aus dem Schlosshof. Die Haare auf Verenas Unterarmen stellten sich auf. Entsetzen packte sie. Noch nie hatte sie einen Menschen so schreien gehört.

Martin, der sich still hinter ihr gehalten hatte, drehte gleich wieder durch.

„Oh Gott! Das ist Konrad!“, rief er, legte die Hände zu einem Trichter an den Mund und brüllte aus Leibeskräften: „Konrad! Wir kommen!“

Blitzschnell drehte Verena sich um, packte ihn und hielt ihm den Mund zu.

„Sind Sie komplett verrückt geworden?“, zischte sie. „Wenn Sie nicht sofort still sind, schlage ich Sie nieder!“

Erschrocken sah Martin sie an, dann nickte er.

Verena ließ ihn los. „Wir müssen sofort da rein!"

Sie rannten los. An der alten Mauer entlang, die den Schlosshof vor Eindringlingen schützte. Der hüfthohe Sockel bestand aus riesigen Feldsteinen, darüber erhob sich ein gemauerter Schutzwall mit Zinnen. Eine geradezu uneinnehmbare Festung. Verena und Martin glitten auf dem matschigen Boden aus. Tasteten die Mauer ab. Nirgends gab es einen Vorsprung. Keine Öffnung, die ihnen ermöglicht hätte, hineinzugelangen. An einer Stelle lag ein halbvermoderter Baumstamm am Sockel. Verena kletterte hinauf, rutschte aber ab.

Funken stoben aus dem Inneren des Hofes in den Himmel. Immer eindringlicher wurde der beißende Geruch des Rauches.

„Wir müssen rüber!", stieß Verena hervor. „Helfen Sie mir."

Martin reagierte nicht. Er stand neben ihr und wimmerte vor sich hin.

Verena packte seinen Arm. „Martin! Schnell! Kommen Sie. Hier lang. Vorsicht!" Sie zog Martin hinter sich her und lief Richtung Tor zurück. Der Boden unter ihnen war aufgeweicht. „Hierher! Stellen Sie sich dicht an die Mauer. Gut so. Ich steige auf Ihre Schultern. Vielleicht kann ich mich hochziehen."

Die grauenvollen Schreie zerrten an Verenas ohnehin überreizten Nerven. Was geschah dort drinnen? Was, wenn sie zu spät kamen?

Verena nahm alle Kraft zusammen, kletterte an Martin hoch und reckte sich so weit sie konnte. Martin zitterte derart, dass sie befürchtete, er würde jeden Moment zusammenbrechen.

„Wir schaffen das!", raunte sie ihm zu.

Aber so sehr sie sich auch streckte, sie konnte die obere Kante der Mauer nicht erreichen.

„Ein kleines Stück noch", flüsterte sie. „Stellen Sie sich auf die Zehenspitzen!" Martin stöhnte. Sie wurde ein wenig höher gehoben und streckte die Arme aus. Als ihre rechte Hand jedoch den letzten Stein ertastete, bekam sie einen heftigen Stromschlag. Sie riss die Hand weg, sprang mit einem Satz von den Schultern ihres Begleiters und landete neben Martin der Länge nach im Matsch. Ihr linkes Handgelenk knallte gegen einen Stein.

„Verdammte Scheiße!", fluchte sie.

Martin sackte gegen die Mauer. Seine Augen starrten auf den Feuerschein über dem Schlosshof. „Er wird sterben …", flüsterte er. „Er wird sterben. Oh Gott, Konrad …"

Und dann ging alles sehr schnell.

Scheinwerferlicht blendete sie. Autobremsen quietschten.

„Runter! Auf den Boden!", brüllte Verena. Sie tastete nach ihrer Waffe und hielt den Atem an. Martin warf sich keuchend neben sie. Ein Auto hielt seitlich der Torauffahrt, etwa zehn Meter von ihnen entfernt. Sie hörte, wie die Türen geöffnet und wieder zugeworfen wurden. Schritte näherten sich. Martins Zähne schlugen aufeinander. Er zitterte am ganzen Leibe. Auch Verena war so nervös, dass sie Mühe hatte, ihre Waffe ruhig zu halten. Angespannt starrte sie in die Dunkelheit. Und die ganze Zeit gellten diese fürchterlichen, durchdringenden Schreie aus dem Schlosshof herüber.

Die Schritte kamen näher.

Ein Mann rief: „Halt! Werfen Sie die Waffe weg!"

Konnte das wahr sein! Kein Zweifel, die Stimme kannte sie! Ari! Vorsichtig hob Verena den Kopf.

„Keine Bewegung!", schrie er.

Diese verdammte Dunkelheit! „Ari, ich bin's", rief sie. „Gott sei Dank!"

Er stürzte auf sie zu. „Verena!"

Sie war so erleichtert, dass ihr die Tränen in die Augen stiegen. Am liebsten hätte sie sich auf der Stelle in seinen Armen verkrochen.

Ari berührte sie kurz an der Schulter. Dabei gewahrte er das Häufchen Elend neben ihr.

„Sind Sie Martin?", fragte er.

„Ja. Da drin. Die Schreie! Konrad …", stieß dieser hervor.

Doch Ari unterbrach ihn: „Ich weiß. Ihr bleibt hier. Rührt euch nicht von der Stelle. Wir kümmern uns darum."

Jetzt sah Verena eine Frau im Schein der Rücklichter des Autos auftauchen. Sie öffnete den Kofferraum und verschwand dahinter. War das nicht Martha gewesen?

Sie mussten in den Hof. Sofort. Verena rappelte sich auf.

„Bleib liegen", befahl Ari, „wir sprengen das Tor."

Es war wirklich Martha. Jetzt erkannte Verena, dass

sie ein riesiges Paket mit herabhängenden Schnüren aus dem Auto hievte. Es war fast so groß wie sie selbst. Wie machte diese zierliche Frau das nur? Für einen Moment verschwand sie in der Dunkelheit, um gleich darauf im vorderen Scheinwerferlicht des Autos wieder aufzutauchen. Sie näherte sich dem Stahltor.

Verenas Augen wanderten durch die Dunkelheit auf der Suche nach Ari. Aber sie konnte ihn nicht mehr entdecken. Langsam steckte sie ihre Waffe ein. Martin neben ihr weinte und flüsterte Konrads Namen.

„Es wird alles gut", versuchte sie ihn zu beruhigen. „Das Tor wird gleich offen sein. Ich brauche Sie dann, klar?"

Sie sahen, wie Martha das Paket am Boden abstellte und begann, die Kabel am Tor zu befestigen. Von hinten kam Ari auf sie zu.

Doch plötzlich hörte man ein metallisches Klicken und ein Zischen wie von einer hydraulischen Pumpe. Im selben Moment schwebte das schwere Stahltor wie von Geisterhand gehoben in die Höhe und ein grüner Landrover schoss mit quietschenden Reifen daraus hervor. Ari und Martha, die direkt vor dem Tor standen, warfen sich in letzter Sekunde zur Seite. Mit einem gewagten Schlenker umrundete der Rover das auf der Auffahrt stehende Auto, erreichte die Straße und raste davon.

„Los!", schrie Martha, „das ist er!"

Sie stürzte los. Ari drehte sich im Laufen zu Verena und Martin um und schrie: „Macht ihr das!"

Beide sprangen in ihr Auto und setzten dem Landrover nach.

Augenblicklich wurden Verena, Martin und die Schlossauffahrt von einer undurchdringlichen Dunkelheit verschluckt. Verena brauchte ein paar Sekunden, um den Schreck zu verdauen. Als sie zu sich kam, krallte sich die Stille wie ein wildes Tier in ihr Herz. Kein Laut war mehr zu hören. Die Schreie aus dem Schlosshof waren verstummt. Entweder hatten die Flüchtenden Konrad mitgenommen, oder … oder er konnte nicht mehr schreien.

„Das Tor!“, schrie sie, schnellte hoch und rannte so schnell sie konnte auf das schwebende Tor zu, das sich bereits wieder langsam nach unten bewegte. Auf alles gefasst, stürzte sie in den Hof.

Dicke, beißende Rauchschwaden waberten auf sie zu. Ein roter Feuerschein flackerte über dem Schlosshof und tauchte ihn in ein gespenstisches Licht. Durch den Rauch hindurch bot sich Verena ein grauenhaftes Bild. Inmitten eines züngelnden Feuers, das sich von vier Seiten auf ihn zubewegte, stand ein Mann an einen Pfahl gefesselt. Konrad. Er rührte sich nicht mehr. Seine Augen waren geschlossen. Verena holte tief Luft, zog sich die Jacke aus, hielt sich einen Ärmel vor den Mund und rannte durch die Flammen auf den Pfahl zu. Bei Konrad angekommen, legte sie rasch die Finger an seine Halsschlagader und bemerkte erleichtert, dass noch Leben in ihm war. Er röchelte.

„Es ist vorbei!“, schrie Verena. „Halten Sie durch!“

Konrad reagierte nicht. Fieberhaft versuchte Verena, seine Fesseln zu lösen. Es waren dicke, miteinander verknotete Hanfstricke, die zum Glück noch kein Feuer gefangen hatten. Aber die Knoten waren fest. Sie hatte keine Chance, sie mit den Fingern aufzubekommen. Panik überkam sie, als sie bemerkte, dass ihr rechtes Hosenbein bereits Feuer gefangen hatte. Mit der bloßen Hand schlug sie die Flammen an ihrem Bein aus. Wie sollte sie nur die Fesseln lösen? Es gab ein Stück Seil zwischen Konrads Händen und dem Pfahl, das sie hätte zerschneiden können, wenn sie ein Messer dabei gehabt hätte. Es gab nur eine Möglichkeit. In ihrer Not zog sie ihre Waffe und zerschoss die Fesseln mit zwei Schüssen.

Der Rauch nahm ihr den Atem. Ihre Augen tränten. Sie wollte sich wieder ihre Jacke vor den Mund halten, doch diese war verschwunden. Schnell steckte sie die Waffe zurück und lud sich den schlaffen Körper Konrad Bessis so gut es ging auf die Hüfte. Er war unglaublich schwer. Jetzt wäre sie gern so stark wie Martha gewesen. Mit letzter Kraft schleppte sie Konrad aus den Flammen heraus.

Dann brach sie zusammen.

Wenig später zeigte sich, dass es ein Glück gewesen war, Martin Hiems mitzunehmen. Er hatte es tatsächlich gerade noch durchs Tor geschafft. Nun trat er in Aktion. Er rannte zum Fluss, der sich durch den Schlosshof zog, tauchte seine Jacke ins eiskalte Wasser, kam damit zu Verena und Konrad zurück und rieb ihnen die Gesichter mit dem nassen Stoff ab.

Zumindest Verena kam daraufhin langsam wieder zu sich. Als Nächstes fühlte Martin Konrads Puls, der schwach, aber noch vorhanden war und telefonierte augenblicklich nach einem Krankenwagen.

In Verenas Geist drangen all diese hektischen Aktivitäten nur sehr verschwommen. Aber sie nahm sich vor, Martin später dafür zu danken. So viel Umsicht hatte sie ihm gar nicht zugetraut.

Seine Meisterleistung jedoch bestand darin, dass er, als er einen Mann mit einem Gewehr aus dem Schloss auf sich und die beiden Liegenden zukommen sah, nach Verenas Halfter griff, die Waffe draus entnahm und schoss. Er traf den Schergen des Drachens zwar nur ins Knie. Aber das reichte, um ihn fürs Erste ungefährlich zu machen.

Verena setzte sich auf, hustete, sah zu dem Mann hinüber und erkannte, dass er versuchte sein Gewehr zu erreichen, welches nur ein paar Meter vor ihm lag.

„Ich – ich habe einen Menschen erschossen“, stotterte Martin, sichtlich am Ende seiner Kräfte. „Oh Gott, ich habe einen Menschen erschossen!“

„Der ist ziemlich lebendig“, gab Verena barsch zurück. „Los, lauf!“ Und als Martin nicht reagierte, schrie sie: „Sieh zu, dass er sein Gewehr nicht kriegt, schnell!“

Und selbst das schaffte Martin noch. Als er mit dem Gewehr zurück kam, lächelte er stolz.

„Das haben Sie wunderbar gemacht“, sagte Verena hustend.

Voll Freude sahen sie, dass Konrad sich bewegte und langsam zu sich kam.

Und dann hörten sie von der Straße her die Sirenen des Krankenwagens.

Sowohl der ins Knie geschossene Drachendiener als auch Konrad, der eine schwere Rauchvergiftung erlitten hatte, jammerten.

Zwei Krankenwagen hielten vor der Auffahrt, konnten jedoch aufgrund des geschlossenen Tores nicht einfahren. Verena wandte sich zornig an den Knieverletzten: „Wenn du einen Arzt willst, sag uns, wie man das verdammte Tor aufmacht!"

„Der rote Knopf an der Treppe, im Seitenaufgang ...", hauchte der Mann mit schmerzverzerrtem Gesicht.

Verena wollte aufspringen, aber ihre Beine versagten. Dafür lief nun Martin zum Seitenaufgang am Tor und suchte den Knopf. Verena folgte ihm mit den Augen. Für einen Moment hatte sie das Gefühl, als würde ein Schatten oben auf einer Treppe vorbeihuschen, als Martin den Knopf drückte.

Die beiden Krankenwagen fuhren ein.

Während sich die Sanitäter des ersten Wagens um den Knieverletzten kümmerten, legten die des zweiten Fahrzeuges Konrad auf eine Krankentrage. Der mitfahrende Arzt untersuchte ihn kurz und setzte ihm sofort eine Sauerstoffmaske auf Nase und Mund.

Martin, der die ganze Zeit nicht mehr von seiner Seite gewichen war, verkündete: „Ich fahre mit!"

Liebevoll legte er Konrad eine Hand auf den Arm, um ihm zu signalisieren, dass er da sei, und wich seinem

Freund auch nicht von der Seite, als die Sanitäter ihn transportfähig anschnallten und in den Krankenwagen hoben.

Verena, immer noch von Husten geschüttelt, bat die Sanitäter um eine Wasserflasche und trank gierig. Sie atmete hastig und versuchte sich zu sammeln.

Dann näherte sie sich langsam Martin.

„Herr Hiems, ich muss Ihnen leider sagen", begann sie, „dass Interpol nach Konrad Bessi sucht und ihn mit Sicherheit im Krankenhaus vernehmen wird. Sie werden ihn an die argentinische Polizei überstellen."

„Aber wieso denn?" Martin sah sie unglücklich an. „Das Bild kann doch nicht …"

„Weil er den Mord an Randolf Bock beauftragt hat."

„Was! Ein Mord? Sie irren sich! So etwas würde Konrad nie tun! Wer ist überhaupt Randolf Bock?"

„Ein nicht ganz ehrenwerter Zeitgenosse aus Deutschland, der sich Ihrem Freund offenbar als Kaufinteressent für das Bild anbot. Warum ihn Konrad allerdings umbringen wollte, wissen wir noch nicht. Aber der Auftragsmörder hat gestanden."

„Oh Gott!", rief Martin außer sich. „Das glaube ich nicht!" Aufgeregt stieg er in den Krankenwagen und schrie Konrad an: „Du Idiot, ist das wahr? Warum hast du das getan? Warum?"

Konrad atmete schwer. Er zog sich die Sauerstoffmaske vom Gesicht.

„Wovon redest du?"

„Du hast einen Menschen umbringen lassen?"

„Nein, nein. Das wollte ich nicht. Das war ganz anders. Dieser Deutsche, dieser Randolf Bock hat mich erpresst. Du hast mir doch diese E-Mail-Adresse des Drachen gegeben. Aber als ich ihn anschrieb, machte ich einen Fehler und die Mail ging an den Falschen."

Er stöhnte.

„Lassen Sie ihn in Ruhe", sagte der Sanitäter. „Sie sehen doch, wie es ihm geht!"

Aber Konrad sprach weiter. „Dieser Bock war leider nicht dumm und fand das mit dem illegalen Verkauf heraus. Und prompt wollte er anderthalb Millionen von mir, damit er den Mund hält. Ich musste doch was tun! Ich schickte einen Detektiv hin, der sollte ihn überprüfen. Und ein anderer sollte ihn ein bisschen einschüchtern. Ich wollte ihm nur eine Lektion erteilen."

Ein zweiter Sanitäter stieg in den Wagen und schrie Martin an:

„Lassen Sie den Verletzten endlich in Ruhe!" Resolut setzte er Konrad die Maske wieder auf.

Doch dieser war nicht mehr zu bremsen. Er sprach durch die Maske weiter.

„Müller heuerte ich an, um Bock mit 200.000 Dollar abzuspeisen. Aber alles ging schief! Müller brachte Bock um und verschwand mit dem Geld."

Verena war inzwischen mit in den Krankenwagen eingestiegen und hatte die letzten Sätze ebenfalls gehört.

„Verdammt, ich hatte keine anderthalb Millionen, Martin! Aber ich konnte auch nicht riskieren, das Bild zu verlieren."

Martins Gesichtszüge fielen zusammen.

„Ich fasse es nicht, Konrad! Was genau hast du diesem Müller denn aufgetragen?"

„Er sollte Bock die 200.000 geben und ihm drohen, ihn umzubringen, wenn er sich mit dem Geld nicht begnügt. Aber nur drohen! Natürlich wollte ich nicht, dass er getötet wird! Ich bin doch kein Mörder!"

„Jetzt ist aber Schluss!", griff der Sanitäter ein und schob Martin und Verena aus dem Wagen.

„Nein, halt! Ich fahre mit!", rief Martin, stieg wieder ein, setzte sich ans Fußende der Krankentrage und machte ein Gesicht, als könne keine Macht der Welt ihn mehr von diesem Platz verscheuchen.

Er wandte sich Verena zu: „Sind Sie sicher, dass Sie nicht mitkommen wollen? Sie müssen doch unbedingt ins Krankenhaus."

„Nein. Ich bleibe noch hier. Es geht wirklich. Fahren Sie nur", wehrte Verena ab. „Und, Herr Hiems, ich danke Ihnen vielmals für Ihre Hilfe."

Die Sanitäter schlugen die Türen des Rettungswagens zu. Beide Krankenwagen fuhren mit Blaulicht davon.

Dann hat Müller also gelogen, dachte Verena, als sie allein war.

27 Die letzte Kugel

Sie sah sich auf dem Vorplatz des Schlosses um. Das Feuer war dabei herunterzubrennen, spendete aber immer noch sehr viel Licht in der Dunkelheit. Sie ging näher an den riesigen Scheiterhaufen heran. Die kostbaren Bilder waren nicht mehr zu retten. Flüchtig begutachtete sie deren verkohlte Reste und konnte nicht fassen, was hier gerade für ein Wert verloren gegangen war.

Dort, wo sie gelegen und Martin geschossen hatte, fand sie ihre Waffe auf dem Boden. Es war nur noch ein Schuss darin, und sie hatte keine Patronen mehr dabei.

Mit einem Mal hörte sie Geräusche vom Schloss. Ein Mann erschien an einem Fenster im ersten Stock, zielte mit einer Pistole auf sie und schoss sofort. Die Kugel verfehlte ihr Ziel. Verena geriet in Panik und rannte hinunter zum Fluss. Sie musste sich vom Licht des Feuers entfernen, damit der Schütze sie nicht sehen konnte. Glücklicherweise gab es einige Büsche, hinter denen sie eine kurze Pause machen konnte, aber sie wusste, dass sie dort nicht lange sicher war. Der Schütze hatte ganz offensichtlich Patronen im Überfluss. Er schoss wahllos in ihre Richtung. Sie musste weg, nur leider war ihr der Rückweg zum Auto durch den Kugelhagel abgeschnitten.

In der Dunkelheit erkannte sie, dass am Ufer der Rhône ein kleiner Steg ins Wasser führte, und hinter dem Steg etwas im Fluss schaukelte. Ein Motorboot. Verena stürzte darauf zu. Sie sprang in das Boot und versuchte den

Motor zu starten. Nie zuvor war sie Motorboot gefahren. Sie bekam den Motor nicht zum Laufen. Erst als sie den Schützen schon den Rasen zwischen Schloss und Rhône überqueren sah und ihr Adrenalinspiegel die innere Schallmauer durchbrach, heulte der Motor plötzlich auf, das Boot machte einen Satz und sie raste davon.

Zunächst fuhr sie ohne Ziel flussaufwärts. Ihr Puls tobte. Sie musste sich anstrengen, etwas zu sehen. Nach einer Weile zog sie ihr Handy aus der Tasche und versuchte sich an der landesweiten Rufnummer der französischen Polizei, aber sie hatte keinen Empfang. Ihr Handy stürzte beim Aufbau der Rufnummer immer wieder ab.

Als sie sich einer Brücke näherte, sah sie oben auf dem Geländer ein Schild mit einem kleinen Flugzeug. Unter dem Schild stand: 800 m.

Sollte es in dieser abgelegenen Gegend einen Flughafen geben? Es konnte kein großer, öffentlicher sein, das wusste sie, aber vielleicht ein privater? Und wenn es einen gab, war er dann nicht das perfekte Ziel für den Drachen?

Sie stellte den Motor aus, ließ sich mit der verbliebenen Schubkraft an eine seichte Uferstelle schwemmen, sprang aus dem Boot und kämpfte sich die Böschung hinauf. Auf der Brücke angekommen, folgte sie dem Schild. Zum Glück waren die Wolken etwas aufgebrochen und der Mond schien hindurch, so dass sie sich halbwegs orientieren konnte.

Ungefähr zehn Minuten lang lief sie eine ansteigende Landstraße hinauf, die beiderseits von Weinstöcken gesäumt war. Ab und zu ragten kleinere oder größere Hügel auf. Als sie den höchsten Punkt der Straße erreicht hatte, entdeckte sie in der Ferne einen durch Scheinwerferlicht erleuchteten Platz. Es war in der Tat ein kleiner Flughafen. Im Licht erkannte sie vier Privatjets, eine Lande- und Startbahn und ein winziges Gebäude. Das ganze Areal wurde von einem Drahtzaun eingeschlossen. In der sonst so ländlichen Gegend sah der Platz nahezu futuristisch aus, obwohl Zaun, Landebahn und Gebäude etwas vernachlässigt wirkten.

Verena bog rechts in die einzige Zufahrtsstraße zum Flugplatz ein. Das Weinanbaugebiet lief hier aus. Nach etwa einhundert Metern endeten die Weinstöcke und Brachland schloss sich an. In dem Moment, als sie den letzten Weinhügel passierte, hörte sie plötzlich, wie sich jemand ihr von hinten näherte. Sie griff nach ihrer Waffe, drehte sich um und schoss.

„Au, verdammt! Was machst du?" Es war Ari. Schmerzverzerrt hielt er sich die Hand an den Kopf. „Du hast mich am Ohr getroffen."

„Oh – Scheiße", fluchte Verena. „Es tut mir leid. Warum machst du dich auch nicht bemerkbar! Was suchst du hier?"

Ari holte ein Tuch aus der Hosentasche und presste es an sein blutendes Ohr.

„Wir haben den Drachen verloren", presste er hervor. „Keine Ahnung, wo er hin ist, aber der Flughafen hier ist definitiv seiner. Er wird versuchen, mit seinem Jet zu fliehen. Es ist die einzige Zufahrtsstraße. Er muss hier vorbeikommen."

„So etwas in der Art habe ich auch gedacht“, gab Verena zu. „Ist es schlimm mit dem Ohr?“

„Wahrscheinlich nicht. Blutet nur wie verrückt. Jetzt weiß ich, wie es sich für Van Gogh angefühlt hat …“

Gegen ihren Willen musste Verena lächeln.

„Hat Bessi überlebt?“, fragte er.

„Ja. Er hat Verbrennungen und eine Rauchgasvergiftung, aber überlebt. Er hat sogar gestanden, Müller beauftragt zu haben. Allerdings meint er, Müller sollte Bock nur einschüchtern, nicht töten.“

„Und die Bilder?“

Verena schüttelte den Kopf.

„Sie sind völlig verbrannt. Alle. Es tut mir leid, Ari.“

Ari blickte zu Boden. Dann fing er sich, hob den Kopf und sagte: „Dann fahr nach Hause, Verena. Deine Aufgabe ist hier abgeschlossen.“

Verenas Augen wurden schmal. „Gar nichts ist abgeschlossen“, sagte sie langsam.

„Du brauchst dich um den Drachen nicht mehr zu kümmern. Um den kümmern wir uns.“

„So? Willst du damit sagen, deine wunderbare Freundin und du, ihr zieht die Sache hier im Alleingang durch, ohne die französischen Behörden zu informieren?“

Ein nahes Geräusch ließ Verena zusammenzucken. Wie aus dem Nichts tauchte eine Frau neben ihnen auf. Es war Martha. Sie atmete hastig.

„Hey, was ist passiert, Ari?“, keuchte sie. „Woher kam der Schuss?“

„Alles in Ordnung, Martha“, antwortete Ari. Und als

wären sie auf einer Cocktailparty, stellte er die beiden Frauen einander vor: „Ich glaube, ihr kennt euch bereits. Aber trotzdem: Verena, Martha."

„Martha. Ist das Ihr richtiger Name?", fragte Verena provokativ. „Oder haben Sie noch eine Handvoll andere?"

„Martha", erklärte Martha, als wäre damit alles gesagt, und gab Verena widerwillig die Hand.

„Mach dir keine Sorgen. Verena hat mich aus Versehen angeschossen", erklärte Ari, mit dem fragenden Blick Marthas konfrontiert. „Es ist nicht schlimm."

„Im Auto ist Verbandszeug", erwiderte diese und wies mit der Hand dorthin. Verena sah in die Richtung und erkannte die Umrisse eines Autos, das hinter dem letzten Weinhügel versteckt stand.

Gemeinsam gingen sie dorthin.

Nachdem Martha Ari verarztet hatte, öffnete dieser die hintere Wagentür und ließ Verena einsteigen. Der verdrießliche Gesichtsausdruck Marthas steigerte sich zu Verärgerung und Wut. Und während sie auf der Beifahrerseite einstieg, belegte sie Ari, der auf der Fahrerseite Platz genommen hatte, mit einem Schwall an Vorwürfen. Verena verstand allerdings kein Wort. Martha machte sich auf Hebräisch Luft.

Von wegen Slowenien, dachte Verena. Intuitiv meinte sie zu hören, dass Ari dafür gescholten wurde, sie einsteigen gelassen zu haben.

Ari zuckte mit den Schultern und fragte, was ihm anderes übrig bliebe.

„Sie wollen mich nicht dabei haben, richtig?“, wandte sich Verena an Martha.

„Donnerwetter, Sie sind ja eine ganz Schlaue“, erwiderte Martha giftig.

„Wie sind Sie eigentlich auf die Idee gekommen, sich als Tänzerin zu verdingen?“, fragte Verena, um Martha von ihrem erhöhten Stresspegel herunterzuholen.

Ari ließ das Auto an und langsam fuhren sie ohne Licht in Richtung der erleuchteten Landebahn.

„Nun, wie Sie vielleicht schon wissen, oder auch nicht, sind wir dem Drachen schon seit langem auf der Spur“, begann Martha. Bei diesen Worten blickte sie Ari zornig an, als vermute sie, dass er der Deutschen schon zu viel erzählt hatte.

„Wir wussten, dass es in der Kunstszene jemanden gab, der sogenannte „entartete Kunst“ kaufte, um sie zu vernichten. Und wir hatten eine Vermutung, wer es war. Aber der Käufer blieb bei jeder Auktion anonym. In einem mitgehörten Telefonat mit einem Auktionär legte er seine Absichten jedoch offen und erklärte, dass ihm das Geld, das er dafür gebrauche, egal sei, es sei ja ‚sowieso nur Judengeld‘.“

Während sie sprach, schaute sie angestrengt in die Dunkelheit hinaus.

Verena staunte über Marthas plötzlichen Redefluss und hütete sich, sie zu unterbrechen.

„Anhand der Stimme konnten wir ihn als einen Mann identifizieren, der über neunzig und deutsch war. Aber er schien seit langem nicht in Deutschland gelebt zu haben. Sein Sprachgebrauch war veraltet. Manchmal suchte er nach Worten. Er nannte sich ‚Drache von Tarascon' und rief aus ständig wechselnden internationalen Hotels an. Untersuchungen von Interpol führten zu nichts."

Sie waren jetzt auf Sichtweite an den Privatflughafen herangekommen. Ari lenkte das Auto hinter eine kleine Anhöhe, von der aus sie die Landebahn im Auge behalten konnten, ohne selbst gesehen zu werden.

„Sie wären längst gestartet, wenn der Drache schon da wäre", sagte er. „Wir warten hier."

„Und dann?", wandte sich Verena an Martha.

„Zur gleichen Zeit hatte Ari entdeckt, dass der Besitzer seines Familienbildes in Geldnot war. Da hatte unsere Organisation eine Idee. Einige unserer Agenten streuten in gewissen Kunstkreisen die Nachricht, dass Konrad Bessi sein Van-Gogh-Gemälde verkaufen wollte. Wir hofften, der Drache würde darauf reagieren und wir könnten sowohl das Bild zurückgewinnen als auch den Drachen finden."

Verena hörte gespannt zu. Der stolze Tonfall in Marthas Stimme entging ihr nicht.

Auf dem Flugplatz bewegte sich etwas. Es sah so aus, also ob ein Jet getankt und flugbereit gemacht wurde. Ein paar Menschen mit Leuchtwesten liefen geschäftig umher.

Verena merkte, wie auch Ari und Martha die Bewegungen verfolgten.

Martha fuhr fort: „Der Drache hat auf unseren Köder auch reagiert. Er bekundete Interesse am Kauf des Bildes. Nur dann folgte das Dilemma mit den verwechselten E-Mail-Adressen. Als die Erpressermail von Bock eintraf, hatten wir zwar das Gefühl, dass es sich nicht um den Drachen handelte, aber sicher konnten wir nicht sein. Wir mussten herausfinden, wer er war oder ob er vielleicht mit dem echten Drachen unter einer Decke steckte. Und da kam ich ins Spiel, als Tänzerin. Bock hielt sich öfter in Table Dance Bars auf. Es war also naheliegend, über diesen Weg Kontakt zu ihm aufzunehmen. Ich horchte auch seinen Kollegen, diesen Kamm aus. Aber als mir klar wurde, dass sie nichts mit dem Drachen zu tun hatten, zog ich mich zurück."

„Verstehe", sagte Verena, die begriff, dass Martha tatsächlich aus Stolz über ihre Tätigkeit so viel von sich gab. „Sie haben ganze Arbeit geleistet", sagte sie bewundernd.

Ja, das passte alles zusammen. Verena empfand eine Mischung aus Erleichterung, Erschöpfung und Widerwillen. Ein Gefühl, das sie kannte. Es tauchte immer auf, wenn sich bei Ermittlungen komplizierte Zusammenhänge lichteten.

„Und warum haben Sie uns nicht bei unseren Ermittlungen geholfen?", fragte sie Martha. „Mit Ihrer Aussage hätten wir doch viel schneller herausfinden können, dass Kamm unschuldig war. Außerdem müssen Sie sehr früh gewusst haben, dass Konrad Bessi zumindest als Auftraggeber des Mordes in Frage kam."

Martha lachte überheblich.

„Natürlich wussten wir das. Nur dass wir nicht hinter Bessi her waren, sondern hinter dem Drachen. Und deshalb mussten wir unsere Deckung aufrecht erhalten."

„Du hast also die ganze Zeit Bescheid gewusst, Ari?", fragte Verena.

Ari nickte stumm.

„Du hättest Schauspieler werden sollen."

„Da könnte ich nicht so viel bewirken", bemerkte Ari trocken.

Zornig sah Verena seine ruhige und glaubwürdige Erscheinung als Fotograf und Privatdetektiv vor sich. Wie clever er sich in genau die Stühle gesetzt hatte, die in ihrem Leben leer gewesen waren. Der Stuhl ihres Ex-Mannes, der Stuhl ihres Partners ... und wie scheinbar aufopferungsvoll er ihr bei den Ermittlungen „geholfen" hatte! Jetzt, wo sie verstand, beschämte sie die Kürze ihres inneren Kampfes, als er ihr seine Hilfe angeboten hatte. Und diese Hilfe war genauso lange aufrechterhalten worden, bis er wusste, wo der Drache war. Genau zu dem Zeitpunkt hatte er seine Sachen gepackt und sich aus dem Staub gemacht. Und sie hatte ihm auch noch helfen wollen! Wie unsinnig das alles gewesen war!

„Du hattest nicht mal vor, dich zu verabschieden, oder?", fragte sie. „Als du deine Sachen für Tarascon gepackt hast?"

„Ehrlich gesagt – nein", erwiderte Ari.

„Ich war dir völlig egal", lag ihr auf der Zunge, aber diesen Satz verkniff sie sich in Anwesenheit Marthas.

„Aber ich hatte den Eindruck", ergänzte Ari, „dass du sowieso in Erwägung zogst, nach Tarascon zu fliegen. Um Bessi festzunehmen. Ich hielt es für besser, wenn wir zusammen flögen. Ich wollte dich unterstützen, Verena. Wirklich. Aber gleichzeitig wollte ich meiner Aufgabe nachgehen. Und als du nicht aufhörtest, mir eine Szene zu machen, habe ich meine Meinung geändert. Ich musste mich schließlich auf mein Ziel konzentrieren."

Verena versuchte, ihren Ärger herunterzuschlucken.

„Und was ist nun genau euer Ziel, wenn ich fragen darf?"

„Haben Sie denn das immer noch nicht begriffen!?", herrschte Martha sie an. „Wir sind hier, um den Drachen zu töten."

„Ohne Festnahme, ohne fairen Prozess, ohne Urteil? Was bildet ihr euch eigentlich ein, wer ihr seid? Das ist ja …"

Martha lachte laut auf: „Sind Sie wirklich so naiv oder tun Sie nur so? Wie viele faire Prozesse gibt es denn, um Nazis zur Rechenschaft zu ziehen? Simon Wiesenthal hat sein ganzes Leben dafür geopfert, Kriegsverbrecher aufzuspüren und vor Gericht zu stellen. Wenn wir nicht hin und wieder noch welche erschießen würden, wie viel Fairness gäbe es dann? Die ganze Welt hat zugeschaut, wie sich tausende Nazis in Argentinien ein sicheres Nest bauten und sich mit ihrem Gold den Schutz der argentinischen Regierung erkauften. Wir sind doch die Einzigen, die für etwas Gerechtigkeit sorgen! Die Einzigen, vor denen sie noch Angst haben müssen! Erzählen Sie mir doch nichts von Prozessen und Gerechtigkeit! Das ist doch absurd!"

Verena wusste nicht, was sie sagen sollte. Am liebsten hätte sie nichts mit der deutschen Vergangenheit zu tun gehabt. Das alles hier, das betraf doch nicht sie. Oder? Und schon gar nicht ihr Heimatland, an dessen Justizsystem sie glaubte. Aber Martha, die so viel jünger war als sie, sah das anders. Sie hatte offensichtlich persönliche Motive. Für Martha und Ari war diese Mission sehr persönlich.

Der getankte Jet rollte zur Startbahn. Flutlichter wurden eingeschaltet. Der ganze Platz und die Startbahn waren hell erleuchtet.

„Aber er ist doch noch nicht da!", knurrte Ari. „Wo bleibt er nur!"

Die Spannung im Auto war mit Händen zu greifen.

Doch Martha war noch nicht fertig. „Sie haben doch keine Ahnung, wie es ist", fuhr sie wütend fort, „in einer Familie aufzuwachsen, in der beide Eltern sämtliche Angehörigen im KZ verloren haben! Sie sind Deutsche! Ich weiß, dass Sie keine Schuld tragen. Richtig. Sie sagen auch nicht, dass Sie es toll finden, was Ihre Großeltern gemacht haben. Und trotzdem haben Sie etwas, was ich nie hatte: eine vollständige Familie. Und dafür hasse ich Sie!" Den letzten Satz schleuderte sie Verena geradezu ins Gesicht.

Ari schaute Verena fast entschuldigend an.

Da war es also, Marthas persönliches Motiv. Aris persönliche Motive waren ihr relativ klar. Konrads Großvater und der Drache waren Aufseher gewesen, die seine Eltern gequält und beraubt hatten.

„Eins noch …", begann Verena, brach aber abrupt ab, als plötzlich ein Auto an ihnen vorbeiraste. Obwohl es unglaublich schnell war, konnte Verena ihn als den grünen Landrover des Drachen erkennen. Ari und Martha tauschten kurz einen Blick, unmittelbar darauf trat Ari aufs Gaspedal und raste hinterher.

Verenas Herz schlug bis zum Hals. Der Wagen schoss über den unebenen Weg, die Räder schienen gar keine Bodenhaftung mehr zu haben. Nicht auszudenken, wenn Ari jetzt einen Fehler machen würde. Schon nach wenigen Sekunden waren sie dem Rover so nahe gekommen, dass Verena zwei Männer erkennen konnte, die sie durch die Heckscheibe beobachteten. Aber kaum hatte sie die Männer gesehen, öffneten sich oberhalb der beiden Rücklichter des Rovers zwei Klappen und gleich darauf wurde ihr Auto mit einer Salve von Schüssen bombardiert. Grelle Blitze flogen auf sie zu. Martha schrie. „Scheiße!", fluchte Ari, „runter mit euch!" Er bremste das Auto so vorsichtig wie möglich ab und schlug gleichzeitig das Steuer herum. Er schien das Fahrzeug kaum noch unter Kontrolle zu haben. Verena duckte sich, schloss die Augen und machte sich auf alles gefasst. Es schien ihr ein Wunder, dass sie weiterfuhren, dass Ari nicht getroffen worden war und dass das Auto noch funktionierte.

Der Rover hatte wieder Vorsprung und raste auf das Rollfeld zu. Martha stieß Ari mit dem Ellenbogen an und machte ein Zeichen mit der Hand, das Verena nicht verstand. In höchster Konzentration peilte Ari das flüchtende Auto erneut an und gab Gas, während Martha unter ihren Sitz griff und eine Handpistole hervorholte. Als sie wieder in Sichtweite an den Rover heran waren, schoss Martha zuerst. Aus dem Auto vor ihnen wurde sofort zurückgeschossen.

Verena zog den Kopf ein und versteckte sich hinter Aris Lehne. Glas klirrte, ein Splitter traf ihre Stirn, sie spürte, wie ihr das Blut übers Gesicht lief, Kugeln flogen an ihrem Kopf vorbei.

Sie hörte Ari keuchen.

„Ari! Alles okay?“, schrie sie. Er antwortete nicht. Immer noch rasten sie in unverminderter Geschwindigkeit über das Kopfsteinpflaster. Und da passierte es. Ein gewaltiger Knall, eine Druckwelle, die ihr fast den Atem nahm. Es roch nach verbranntem Gummi, das Auto kam ins Schleudern, scherte aus und bäumte sich auf. Ari trat die Bremse bis zum Anschlag durch. Sie wurden alle drei heftig nach vorn geschleudert. Einen Arm hatte Verena schützend über ihren Kopf gelegt, mit dem anderen krallte sie sich an der Lehne des Vordersitzes fest. „Lieber Gott, lass mich leben!“, stieß sie hervor.

Mit Müh und Not konnte Ari das Auto schließlich auf einem brach liegenden Feld zum Stehen bringen. Der Motor rauschte, gab einen letzten gequälten Ton von sich und erstarb.

Sofort versuchten Ari und Martha gleichzeitig ihre Türen aufzureißen. Beide waren verkeilt. Wie eine Verrückte schlug Martha dagegen, dann drehte sie sich auf ihrem Sitz, zertrat die Scheibe und kroch hinaus. Ari folgte ihr durch das Beifahrerfenster.

Verenas Körper war wie gelähmt. Sie sah die beiden draußen stehen, sah, wie Martha die Lippen bewegte, und die beiden sich vom Auto entfernten. Sie konnte hier nicht allein bleiben! Nicht jetzt!

Mit höchster Willensanstrengung schaffte sie es, sich zu bewegen und aus dem Wrack herauszuklettern.

„Wartet!“, rief sie.

„Khera!“, schrie Martha in diesem Augenblick.

Das war das einzige hebräische Wort, das Verena kannte – Scheiße. Verena rannte auf Ari und Martha zu, die erstarrt dastanden und einen Punkt fixierten. Als sie sie erreicht hatte, sah sie es auch: Der Drache fuhr mit seinen Handlangern soeben aufs Rollfeld vor. Die Männer verließen das Auto und eilten an Bord des wartenden Jets.

Plötzlich kam Leben in Martha. Sie raste zum Auto zurück und machte sich am Kofferraum zu schaffen, dessen Tür ebenfalls klemmte.

„Geh vom Auto weg!“, brüllte Ari.

Doch Martha schaffte es. Sie bekam die Klappe auf, wuchtete einen Granatwerfer heraus und verschwand damit in der Dunkelheit. Schon schlossen sich die Türen des Jets. Die Motoren heulten auf, die Luft vibrierte. Der Jet setzte sich in Bewegung, beschleunigte …

Verena konnte es nicht fassen. Er würde wieder davonkommen! Wieder würde er seiner gerechten Strafe entgehen. Wieder und immer wieder!

Unendlich frustriert wandte sie den Blick vom Jet ab und starrte in die Nacht. Wo war Martha nur hin? Von ihr war nichts zu sehen.

Der Jet rollte über den Boden, nahm Fahrt auf, und als er das Ende des Rollfeldes erreicht hatte, wendete er, beschleunigte und hob ab. Das Schnurren der Motoren klang wie Hohn in Verenas Ohren.

Doch plötzlich, als der Jet bereits ungefähr fünfzig Meter vom Boden entfernt war, ertönte eine Salve von Schüssen. Verena sah Martha wie einen Racheengel auf dem erleuchteten Rollfeld stehen, den schweren Granatwerfer auf der Schulter, über sich einen Bogen aus Funken.

„Ist sie verrückt?!“, schrie Verena. „Sie werden sie umbringen! Sie kann doch unmöglich ein Flugzeug abschieß...!“

Die Detonation war ohrenbetäubend. Eins der Triebwerke barst. Eine riesige, gleißende Feuersäule schoss daraus hervor. Der Jet kippte, taumelte, explodierte in der Luft und ging in Flammen auf. Dann stürzte er wie ein Sack zu Boden. Brennende Teile flogen durch den nächtlichen Himmel, fielen Richtung Rollfeld und brannten weiter, als sie unten ankamen.

Verena wankte. Ihre Ohren schmerzten. Sie hatte das Gefühl, ihre Trommelfelle seien geplatzt. Trotzdem konnte sie ihre Augen nicht von den vom Himmel fallenden Flammen nehmen. Das ist Mord, hämmerte es in ihrem Schädel. Das ist Mord. Dort verbrennen Menschen. Das darf nicht sein.

Jemand schien die Zeit angehalten zu haben.

Warum hatte sie Martha das Gewehr nicht entrissen?

Nach einer Ewigkeit bemerkte sie Aris Atem neben sich. Er ging erstaunlich ruhig.

Und dann hörte sie seine Worte: „Doch, das können wir.“

In diesem Moment wusste sie nur eins. Sie wollte nicht, dass dies Aris Stimme war.

Die Feuer auf dem Rollfeld wurden kleiner.

Langsam drehte sie sich zu Ari. Obwohl er in der Dunkelheit kaum zu erkennen war, sah sie den Widerschein des Feuers in seinen Augen. Bedauern, Intimität und Fremdheit flackerten darin auf. Eine vertraute, warme Schwingung kam von ihm zu ihr herüber, erfror aber augenblicklich in der Berührung mit einem Störsignal.

Was hatte er da eben gesagt? Das konnte doch nicht sein Ernst sein.

Ari nickte ihr zu und verschwand in der Nacht.

29 Der Heimweg

Erst jetzt, als Verena allein war und die Spannung nachließ, nahm sie die Schmerzen am ganzen Körper wahr. Bei Konrads Befreiung hatte sie wohl doch mehr abbekommen als gedacht. Ihre Haut an Armen und Beinen brannte bedrohlich. Sie merkte, wie ihre Sachen bereits daran festklebten. Das war kein gutes Zeichen.

Noch während sie überlegte, ob es klüger wäre, in diesem Zustand zum Flughafen und von dort aus nach Deutschland zu kommen, oder lieber noch hier in Frankreich einen Arzt aufzusuchen, hörte sie, wie der Motor eines Autos angelassen wurde. Blitzschnell registrierte ihr Gehirn, dass es das Auto des Drachens war, dessen Scheinwerfer dort, unweit des Rollfeldes, aufblitzten, und sie rannte darauf zu.

Am Steuer saß Ari, Martha neben ihm. Martha war sichtlich entnervt von Verenas Auftauchen und funkelte sie böse an. Ari jedoch kurbelte sein Fenster herunter.

„Wieso nehmt ihr sein Auto?“, keuchte Verena.

„Welches sonst?“, entgegnete Ari.

Im selben Moment wurden Verena zwei Dinge klar: Ihr eigenes Leihauto stand irgendwo meilenweit weg. Und: Ari war gerade dabei, für immer aus ihrem Leben zu verschwinden.

„Jetzt fahr endlich!“, knurrte Martha ihn an. „Jeden Moment ist die Polizei hier!“

„Ari“, sagte Verena so beherrscht wie möglich, „nehmt mich mit. Bitte. In die nächste Stadt wenigstens. Ich muss unbedingt zum Arzt.“

Martha herrschte Ari heftig an, dass es zu gefährlich sei, sie müssten so schnell wie möglich verschwinden und könnten „keinen Klotz am Bein“ gebrauchen.

In Verena kochte eine unglaubliche Wut auf Martha hoch, die dort so herrisch an Aris Seite saß und ihm Befehle erteilte. Sie biss die Zähne zusammen.

„Los, steig ein“, sagte Ari.

Kaum saß sie, startete er. Schweigend fuhren sie los.

Sie waren bereits ein gutes Stück auf der Straße unterwegs, als ihnen in der Ferne drei Polizeiwagen mit Blaulicht entgegenkamen. Verena war sofort klar, dass die französischen Kollegen Richtung Schloss fuhren, und auch, dass sie reichlich spät dran waren. Als hätten sie gar kein Interesse daran gehabt, zur rechten Zeit zu kommen. Sie hätte gern angehalten, um den Kollegen den Tathergang zu schildern, aber sie wusste, dass Ari und Martha dies nicht zulassen würden.

Als hätte Martha ihre Gedanken erraten, zischte sie: „Unterstehe dich, denen irgendein Zeichen zu geben!“

Erst als die Polizeiwagen vorbei waren, fügte Martha hinzu: „Im Übrigen: Falls du jemals Details preisgibst über das, was ich dir erzählt habe und das, was heute passiert ist, wird es Konsequenzen für dich haben. Besser für dich, du schweigst.“

„Natürlich“, antwortete Verena verächtlich.

„Aus welchem Grund sollte ich ihr eigentlich vertrauen?“, regte sich Martha auf. „Verdammt, Ari, es war falsch, sie mitzunehmen! Grundfalsch! Sie weiß zu viel!“

Ari schwieg und fuhr stur geradeaus. Marthas Gereiztheit wurde immer unerträglicher. Verena hätte gern etwas Sinnvolles gesagt, um die Situation wenigstens halbwegs zu entschärfen, doch ihr fiel nichts mehr ein. In ihrem Kopf schien ein Vakuum zu herrschen. Ihre Haut, besonders an den Armen, schmerzte furchtbar. Gegen ihren Willen drängten sich ihr grauenhafte Bilder auf: Martha, die sich blitzschnell zu ihr umdrehte, ihr eine Waffe vors Gesicht hielt, abdrückte. Ein Wagen, der kurz hielt. Eine Leiche ohne Gesicht, die in den Straßengraben rollte. Der Satz aus Marthas Mund: „Sie wusste zu viel.“ Aris stummes Nicken ...

All das, gepaart mit den Schmerzen, die kaum noch zu ertragen waren, ließ ihr die Haare zu Berge stehen. Sie war am Ende ihrer Kräfte. Sie konnte nicht mehr verhindern, dass sie wie Espenlaub zitterte.

„Ich vertraue ihr“, sagte Ari.

„Ich nicht“, gab Martha zurück.

Verena, die hinter Ari saß, glaubte nicht recht zu hören. War das möglich? Die beiden dort vorne verhandelten gerade über Tod und Leben. Über ihr Leben!

War das tatsächlich der Mann, in dessen Armen sie sich noch vor wenigen Tagen so ganz zu Hause gefühlt hatte? Der, dem sie ihr Leben anvertraut hätte? Und jetzt – welch ein Widersinn – schien es tatsächlich in seiner Hand zu liegen. Wäre sie nur nicht in dieses Auto gestiegen!

Martha redete immer heftiger auf Ari ein, aber Verena verstand es nicht mehr. In ihr breitete sich, je länger Martha redete, immer mehr Panik aus. Sie würde sterben, die beiden würden untertauchen, in ihre Heimat zurückkehren, falls sie überhaupt so etwas wie eine Heimat hatten, jedenfalls würden sie nie gefunden werden. Sie würden für den Mord am Drachen nie zur Rechenschaft gezogen werden. Und ein Mord war es gewesen. Der Mann hätte festgenommen werden müssen, dachte sie, und wusste natürlich gleichzeitig, dass ein über neunzigjähriger Altnazi bei einem ordentlichen Prozess nichts mehr zu befürchten hatte. Das Hinhalten, die Anwälte, die ärztlichen Atteste …

Mit einem barschen „Schluss jetzt! Wir bringen sie ins Krankenhaus!“ beendete Ari Marthas Redeschwall.

Schlagartig war wieder Schweigen zwischen ihnen. Ari lenkte das Auto sicher und schnell die leere Straße entlang durch die Nacht. Verena vermied es, nach vorn zu sehen, um Marthas Augen im Rückspiegel nicht zu begegnen.

„Verdammt!“, stieß Martha plötzlich hervor. „Die Tasche! Wir haben die braune Tasche im Auto gelassen! Wie sollen wir denn jetzt …“

„Es ist alles okay“, sagte Ari.

„Aber die Pässe!“

„Ich hab noch andere dabei! Ari Kelch und Martha Maaßen gibt es ab sofort nicht mehr.“

Seine Worte versetzten Verena einen Stich. So einfach konnte man es sich also machen. Seinen Namen mal eben so löschen. Ja, Ari, dachte sie, für mich wird es deinen Namen aber weiterhin geben. Und er wird auch ein Gesicht haben. So schnell bin ich mit dem Löschen nicht.

Voller Erleichterung sah sie in der Ferne die Lichter der Stadt auftauchen.

Da wandte sich Ari an sie.

„Verena, bitte denk dir schon jetzt etwas aus. Du wirst befragt werden. Du wirst einen Bericht verfassen müssen. Martha hast du natürlich nach deinem Flug nach Avignon nicht wieder getroffen. Die ist einfach verschwunden. Kein Problem. Aber was ist mit mir? Hast du eine Idee?"

Wieder begann Martha auf Ari einzureden, aber er ignorierte sie jetzt.

So habe ich mich noch nie in einem Menschen getäuscht, dachte Verena bitter. Hätte sie mit ihm allein im Auto gesessen, nun wäre der Moment gewesen, ihm ihre Wut und ihr Verletztsein ins Gesicht zu schreien. Dass er sie benutzt hatte! Benutzt, um an Informationen zu kommen! Benutzt, schamlos belogen, für seine Zwecke! Aber neben ihm saß diese Frau, die offensichtlich kein Problem damit hatte, jemanden zu erschießen. Sie durfte jetzt keine Fehler machen, sich keine Blöße geben, das konnte sie das Leben kosten.

Endlich hatten sie Tarascon erreicht. So unbändig hatte Verena sich noch nie über ein Ortsschild gefreut. Am Straßenrand tauchten immer mehr Laternen auf.

Ari manövrierte das Auto rasch durch die Straßen, als kenne er sich aus.

„Eine Idee?", überlegte Verena laut. „Nun, dass wir noch ins selbe Flugzeug gestiegen sind, kann ich kaum verheimlichen. Das kann man nachprüfen. Aber – im Grunde bist du mir ja schon während des Fluges abhanden gekommen. Vielleicht bist du aus dem Flugzeug gefallen? Wie wäre das?"

„Das ist zwar witzig, aber doch recht unglaubwürdig, meine Verehrteste."

Die Straßen waren mittlerweile hell erleuchtet. Verena entdeckte einen Kneipier, der seinen Laden abschloss. Vereinzelte Nachtschwärmer torkelten auf dem Heimweg den Bürgersteig entlang. Selten hatte sie sich so gefreut, fremde Menschen zu sehen.

Ari bog schwungvoll in eine größere Straße ein.

„Nenn mich nicht ‚meine Verehrteste'!"

„Sorry."

„Bist du denn noch als Ari Kelch aus dem Flugzeug gestiegen?"

„Ja, natürlich."

„Aber ich habe dich nicht mehr gesehen, seit …"

„Das tut doch jetzt nichts zur Sache, Verena. Beeile dich bitte. Wir sind gleich beim Krankenhaus. Also: Wo hast du mich verloren?"

„In Tarascon auf dem Festival. Wir haben im Hotel eingecheckt. Du bist Zigaretten holen gegangen und wir haben uns in der Menge verloren und nicht wieder gesehen."

„So ein Quatsch!", fuhr Martha böse dazwischen. „Das ist …"

„Das ist gut", stellte Ari fest. „Das ist gut, weil es einfach ist."

Seine Stimme wurde weich. „Verena. Du warst großartig. Wirklich. Ich ziehe den Hut vor dir. Da vorn ist das Krankenhaus. Ich fahre jetzt seitlich ran und halte nur kurz. Steig bitte schnell aus.“

„In Ordnung. Ari, ich …“

„Leb wohl, Verena. Und dies noch: Auch wenn du es anders siehst, ich habe dich nicht benutzt. Leb wohl.“

Mit einem Ruck hielt der Wagen am Bordstein. Verena, die sich bereits abgeschnallt hatte, riss die Tür auf, sprang hinaus und warf die Tür wieder zu. Sofort fuhr Ari weiter.

So kurz, wie sie gedacht hatte, fiel die ärztliche Konsultation dann doch nicht aus. Drei Tage musste sie sich stationär im Krankenhaus von Tarascon behandeln lassen, bis die Brandwunden soweit verheilt waren, dass sie nach Hause reisen konnte.

Während dieser Zeit hatte sie genug Gelegenheit, darüber nachzudenken, wie sie ihren Abschlussbericht verfassen würde.

Bei einer Schwester erkundigte sie sich und erfuhr, dass auch Martin Hiems in diesem Krankenhaus versorgt würde. Sie traf sich mit ihm. Gemeinsam studierten sie die französischen Zeitungen und erfuhren, dass Konrad verhaftet worden war, dass der alte Schlossbesitzer und zwei seiner Angestellten „auf mysteriöse Weise ums Leben gekommen“ waren, und dass der Verbleib „einiger lange verschollener Van-Gogh-Gemälde zwar geklärt sei, diese allerdings nicht mehr gerettet werden konnten“. Kein

Wort allerdings fand sich von Nazi-Machenschaften, kein Wort von geraubten Bildern.

Konrads Freund schüttelte sprachlos den Kopf bei dieser Lektüre. Ihn interessierte allerdings hauptsächlich, was aus Konrad werden würde. Immer wieder fragte er, mit welch einer Strafe sein Freund wohl rechnen müsse. Aber darauf konnte ihm Verena zu diesem Zeitpunkt noch keine Antwort geben.

Sie mochte den jungen Mann, der bei der Schlacht am Feuer so mutig über sich hinausgewachsen war und ihr wahrscheinlich das Leben gerettet hatte.

Am letzten Tag ihres Krankenhausaufenthaltes bekam sie Besuch von der französischen Polizei. Man wollte von ihr wissen, was sie über die Personen Ari Kelch und Martha Maaßen wisse, deren Pässe in einem Wagen nahe des Schlosses gefunden worden waren.

Verena erwähnte nur punktuell Aris Rolle bei ihren Ermittlungen in Deutschland, sagte, dass er seine Mithilfe als Privatdetektiv angeboten habe und nach Tarascon mitgereist sei, weil er die Bilder wiederhaben wollte, die angeblich seiner Familie gehört hatten. In Tarascon auf dem Festival habe sie ihn aber verloren. Eine Martha Maaßen sei ihr lediglich als Stewardess auf dem Flug nach Avignon begegnet.

Sie staunte, wie leicht ihr das Lügen fiel.

Ins Flugzeug stieg Verena mit dem etwas unwirklichen Gefühl in Bezug auf die Realität, welches Menschen, die dem Tod begegnet sind, manchmal haben.

Sie wunderte sich, dass es das alles noch gab, dass Menschen um sie herum ihre Koffer hinter sich herzogen, dass sie eincheckten in der Gewissheit, dort anzukommen, wo sie hin wollten, dass sie den strahlend blauen Himmel für selbstverständlich nahmen, ihr Gepäck lachend im Flugzeug über sich verstauten, sich anschnallten, ihren Kaffee tranken, über das Wetter redeten …

In Berlin war der Himmel wieder grau.

Fast erleichterte sie das. Endlich war mal etwas normal.

Sofort am Flughafen kaufte sie sich Zigaretten und rauchte gierig gleich drei hintereinander.

Dann fuhr sie zur Dienststelle.

Dort wurde sie überschwänglich von Dennis begrüßt, der wieder im Amt war: „Mensch, Verena! Eine große Sache, was? Da können wir ja froh sein, dass du heil wieder da bist!"

„Ja."

„Stimmt es, dass du persönlich diesen Altnazi erschossen hast?"

„So ein Blödsinn. Wo hast du das denn her?"

„Ach, wir haben so 'n paar komische Berichte von den französischen Kollegen bekommen, aus denen wir nicht schlau geworden sind. Ziemlich durcheinander alles. Vielleicht liegt's auch an der Übersetzung."

„So wird es wohl sein."

Im Grunde staunte sie, dass Dennis überhaupt da war. Hatte der etwa den Laden während ihrer Abwesenheit allein geschmissen? Das grenzte ja an ein Wunder.

„Zum Beispiel haben die geschrieben, dass sie dort, ganz in der Nähe von diesem Schloss, wo ihr den Bessi verhaftet habt, in einem verlassenen Auto Reisepässe von einem Ari Kelch und einer Martha Maaßen gefunden haben. Sie haben 'ne Fahndung nach denen rausgegeben. Und jetzt kommt das Schärfste: Da stellt sich doch heraus, dass es die beiden gar nicht gibt. Was sagst du dazu?"

Das war mal wieder typisch Dennis. Er hatte sich also noch nicht einmal die Mühe gemacht, gründlich in die Akten zu schauen, während sie weg war. Dann hätte er gewusst, dass die beiden sehr wohl existiert hatten und dass es mit beiden Verhörprotokolle gab.

Sie würde Haase vermissen, das spürte sie. Vielleicht sollte sie einen Partnerwechsel ins Auge fassen.

„Ich setz mich gleich hin", meinte sie, „und schreibe meine Version auf. Vielleicht wird ja dann einiges klarer." Sie grinste. „Nun starre mich nicht an wie ein Weltwunder, Dennis. Was ist denn überhaupt?"

„Stimmt es, dass du diesen Bessi eigenhändig aus den Flammen befreit hast? Dass du da wirklich reingerannt bist?"

„Du kannst morgen meinen Bericht lesen, okay? – Und was war hier so los? Bei euch?"

„Tote Hose. Gar nichts passiert. Berlin im reinen Frieden. War mir auch recht so, ehrlich."

Dennis überschlug sich in Liebenswürdigkeiten. Er kochte ihr sogar einen echten italienischen Espresso, während sie ihren Abschlussbericht tippte.

Abends in ihrer Wohnung kam es Verena vor, als sei sie monatelang fort gewesen. Sie war hundemüde. Angezogen legte sie sich aufs Bett und sann darüber nach, in welch ein gewaltiges Räderwerk sie da hineingeraten war und wie klein und schäbig sich ihre nächsten Fälle vermutlich dagegen ausnehmen würden ... Und dann all diese Routine ... Berichte schreiben ... Zeugen verhören ... und dann Dennis, der garantiert wieder nur so lange anwesend sein würde, wie nichts vorfiel ... und dann Ralf ... was waren das eigentlich für Männer – gegen Ari ... aber Ari gab es nicht mehr, Ari Kelch hatte es nie gegeben ... Sie musste ihn vergessen. Sie würde ihn niemals wiedersehen.

Nein! Das funktionierte nicht. Nicht bei ihr. Ein Mensch konnte nicht einfach verschwinden. Ein Mensch aus Fleisch und Blut, der ganz real da gewesen war. Den sie berührt hatte. Der sie so von innen gewärmt hatte.

Sie schloss die Augen und sah sein Gesicht vor sich. Seinen schelmischen Blick. Seine wachen, blauen Augen, die sie aufrichtig ansahen. Die kleine zartrosa Narbe über der rechten Braue. Seinen Mund. Sein Lächeln.

Es gab ihr einen Stich, als ihr erst jetzt klar wurde, dass er das wertvolle Bild seiner Eltern, nach dem er jahrelang gesucht hatte, nicht aus den Flammen hatte retten können.

Aus der Nachbarwohnung drang leise Tangomusik herüber. Verena lauschte. Tatsächlich war es genau der Tango, den sie mit ihm in der Milonga getanzt hatte. Der, bei dem sie geschwebt war und seine Arme sie so wunderbar festgehalten hatten, als könne ihr nie im Leben mehr etwas Böses geschehen.

Und dann hörte sie Aris Stimme: „Das ist die innige Umarmung, sie nennt sich Tango de Salon."

Sie lächelte. Ihr Körper wiegte sich zur Musik.

„Nicht nach unten schauen, Señora! Schau auf mein Schlüsselbein, ja, genau, so ist's gut."

Es war gut. Alles war gut. Sie spürte seine Hände. Er hielt sie fest. Eine angenehme Wärme ging von ihm aus.

Nein, Ari würde sie ganz bestimmt nicht vergessen. Da war sie sicher. Ari war da. Irgendwo dort draußen. Und vielleicht würde sie ihn eines Tages sogar wiedersehen.

FINI

Danksagung

Unser besonderer Dank gilt unseren Kommilitonen Christian Baumelt und Katja Grans-Reinicke. Sie haben jeweils ein Kapitel zu diesem Krimi beigesteuert und damit wertvolle neue Ideen eingebracht. Christian schrieb das Kapitel 14 („Malerische Delikatessen") und Katja das Kapitel 16 („Die halbe Wahrheit").

Ein Buch ist mitnichten fertig, wenn es geschrieben ist. Dann geht die eigentliche Arbeit erst los. Und da ist es gut, wenn es jemanden gibt, der die Geschichte liest und sagt, was er davon hält – die Testleserinnen. Ihre geschenkte Zeit, ihr aufmerksames und kritisches Lesen sowie ihre wichtigen Hinweise haben uns sehr dabei geholfen, den Krimi zu dem zu machen, was er jetzt ist. Darum unser großer Dank an: Andrea Lauer, Ilka Haederle, Birgit Zeitz, Birgit Entner, Karin Kaleta, Renate Stahn, Sandra Berster, Franziska Stutz und Ines Röbling.

Ein Extra-Dankeschön geht außerdem an unsere Lektorin Catrin Stankov für die angenehme Zusammenarbeit und die akribische Schlussüberarbeitung.

Und nicht zuletzt danken wir von Herzen unseren Dozenten Christof Zirkel und Sandra Fanroth, deren Seminar den Funken für den Roman zündete. Damit hat alles angefangen.

Julia Christ, Doris Bewernitz, Annett Heibel

Quellenhinweise

Die für dieses Buch herangezogenen Quellen berühren sehr kontrovers diskutierte Thesen zur Flucht namhafter NS-Kriegsverbrecher nach Südamerika während der Nachkriegszeit. Die Autorinnen stellen dieses Thema im vorliegenden Roman lediglich zur Diskussion.

Bücher

Abel Basti, Jan van Helsing: Hitler überlebte in Argentinien, Fichtenau, Amadeus Verlag, 2011, ISBN 978-3938656204

Uki Goñi: Odessa – Die wahre Geschichte der Fluchthilfe für NS-Kriegsverbrecher, Übersetzer: Theo Bruns, Stefanie Graefe, Berlin - Hamburg, Assoziation A Verlag, 2006, ISBN 978-3935936408

Ernst Klee: Persilscheine und falsche Pässe. Wie die Kirchen den Nazis halfen, Fischer Taschenbuch Verlag; 2011, ISBN 978-3596109562

Internet

(Stand 15. 10.2012)

www.barilochenazi.com.ar Website zum o.g. Buch von Abel Basti und Jan van Helsing

TV-Sendung auf Phoenix vom 13. September 2011: Die Affäre Nazigold. Die Argentinien-Connection, Film vom Rollo Peryra, http://programm.ard.de/Programm/Jetzt-im-TV/affaere-nazigold/eid_287256775227538?list=themenschwerpunkt

SWR2 Wissen, Sendung vom 21. November 2008: Juden raus – Nazis rein. Argentinische Fluchthelfer und deutsche Kriegsverbrecher, www.swr.de/swr2/programm/sendungen/wissen/-/id=660374/nid=660374/did=4064940/11p39nt/index.html

Stern, Ausgabe 2005: Kriegsende – Besiegt – befreit – besetzt. Deutschland 1945 – 48., 5. Teil: Das Verschwinden der Nazis. Nazis auf der Flucht, 22. März 2005, www.stern.de/politik/geschichte/teil-5-das-verschwinden-der-nazis-nazis-auf-der-flucht-538051.html

Stern.de: Argentinien – Fluchtpunkt für Faschisten, 7. 4.2005, www.stern.de/politik/ausland/argentinien-fluchtpunkt-fuer-faschisten-538753.html

Lateinamerika Nachrichten e.V.: Ausgabe Nummer 389 - November 2006, Die Flucht über den Atlantik - Perón, die katholische Kirche und die

Flucht der Nazis nach Argentinien, Stefan Thimmel, Informationsstelle Lateinamerika (ila) e.V., http://www.lateinamerikanachrichten.de/index.php?/artikel/982.html
Informationsstelle Lateinamerika (ila) e.V.: Massenexodus von NS-Kriegsverbrechern nach Argentinien - Die größte Fluchthilfeoperation der Kriminalgeschichte, Theo Bruns, http://ila-bonn.de/artikel/ila299/massenexodus.htm
Informationsstelle Lateinamerika (ila) e.V.: Der Vatikan und die Rattenlinie, Theo Bruns; http://ilabonn.de/artikel/ila301/rattenlinie.htm
Wölfe im Schafspelz oder wie der Vatikan Nazis half nach Argentinien zu flüchten, 14.2.2012: http://tracktate.wordpress.com/2012/02/14/wolfe-im-schafspelz-oder-wie-der-vatikan-nazis-half-nach-argentinien-zu-fluchten/
Jüdische Zeitung, Januar 2007: Auf den Spuren der Ratten- Fluchthilfe für NS-Kriegsverbrecher, Nina Körner, http://www.j-zeit.de/archiv/artikel.205.html
Die Welt, 20.12.2006: Selbst Hitler wurde in Argentinien vermutet, Hildegard Stausberg, http://www.welt.de/print-welt/article703746/Selbst-Hitler-wurde-in-Argentinien-vermutet.html
Rattenlinie: http://de.wikipedia.org/wiki/Rattenlinien

Zur Entstehung dieses Kriminalromans

Im Oktober 2011 beschlossen wir, die drei Autorinnen, im Rahmen unseres gemeinsamen Studiums an der Alice Salomon Hochschule Berlin einen Internetroman zu schreiben. Wir sind alle drei Krimifans, uns reizten die gemeinsame Arbeit an einem größeren Text, das Experiment Netzkrimi und der spielerische Charakter des Ganzen. Natürlich hofften wir auf viele interaktive Mitschreiber und waren neugierig auf Prozess und Ergebnis. Normalerweise neigen Netzromane nämlich dazu, vor ihrer Fertigstellung unvollendet zu versanden. Wir dagegen nahmen uns fest vor, unsere Geschichte zu Ende zu erzählen.

Wir teilten die Grundcharaktere des Romans unter uns auf, arbeiteten sie aus und entwarfen einen Plot. Die ersten drei Kapitel schrieben wir an einem Abend gemeinsam, legten die entsprechende Seite im Internet an, stellten die ersten Kapitel ein, und dann ging es los.

Trotz vieler Aufrufe der Seite beteiligten sich lediglich zwei weitere Autoren mit jeweils einem Kapitel an dem Roman. Vielleicht waren wir drei auch zu schnell? Der Text nahm jedenfalls rasch Fahrt auf und aus Angst, jemand könnte ihr zuvor kommen, schrieb jede von uns abwechselnd ein Kapitel nach dem anderen in rasanter Folge. Bereits im Dezember 2011 stand die Erstfassung.

Weil uns das Schreiben so viel Spaß gemacht hatte und das Ergebnis uns gefiel, investierten wir nochmal ein dreiviertel Jahr Arbeit, um aus dem ersten Entwurf ein Buch zu machen, eben jenes, das Sie nun in der Hand halten.

Co-Autorenschaft ist eine spannende, überaus inspirierende Arbeit. Mit vielen Vor- und Nachteilen, wobei die Vorteile definitiv überwiegen: Jeder Autor hat andere Schreibqualitäten, im besten Fall vereinigen sich diese in einem gemeinsam geschriebenen Buch. Sechs Augen sehen mehr als zwei, so dass Unstimmigkeiten, Logikbrüche und sonstige Fehler leichter entdeckt werden. Überraschende Wendungen, auf die man selbst nie gekommen wäre, setzen neue Ideen frei. Man muss nicht alles allein machen, offene Fragen kann man mit Kollegen klären, die das Buch gut kennen, und der Blickwinkel auf das beschriebene Geschehen und die einzelnen Handlungsstränge ist ein viel größerer, als wenn man allein schreibt.

Allerdings gibt es bei der Methode des gemeinsamen Schreibens auch Probleme, die man definitiv nicht hat, wenn man allein einen Text verfasst. Da wir uns mit unseren jeweiligen verschiedenen Einfällen abwechselnd durch die Geschichte schrieben und demzufolge verschiedenste Fährten legten, ergaben sich daraus eine Reihe abstruser Widersprüche. Sehr viele Absprachen waren notwendig, und jede von uns musste immer wieder eigene Ideen aufgeben und sich auf Neues einlassen können.

Insgesamt hat uns diese Arbeit enorm viel Spaß gemacht und wir haben alle dazu gelernt. Am liebsten würden wir gleich den nächsten Krimi in Co-Autorenschaft schreiben.

Berlin, im Oktober 2012
Annett Heibel, Julia Christ, Doris Bewernitz